MEDOS

Alejandro Romera Guerrero

MEDOS

TRADUÇÃO
Cristina Bárcia

ubook ubk
Publishing House

Publicado mediante acordo com Nova Casa Editorial, Espanha.
Edição original do livro, *Miedos*, publicada por Nova Casa Editorial.

ubook UBK
Publishing House

COPIDESQUE Luisa Geisler
REVISÃO Viviane Maurey
DIAGRAMAÇÃO Guilherme Peres
CAPA George Lima
IMAGEM DA CAPA Francescoch/iStock Photos

Dados Internacionais de Catalogação na Publicação (CIP)
(Câmara Brasileira do Livro, SP, Brasil)

Romera Guerrero, Alejandro
Medos / Alejandro Romera Guerrero ; [tradução Cristina Barcia]. -- Rio de Janeiro : Ubook Editora, 2019.

Título original: Miedos.
ISBN 978-85-9556-038-3

1. Contos espanhóis I. Título.

19-24994 CDD-E863

Índices para catálogo sistemático:
1. Contos : Literatura espanhola E863

Maria Alice Ferreira - Bibliotecária - CRB-8/7964

Ubook Editora S.A
Av. das Américas, 500, Bloco 12, Salas 303/304,
Barra da Tijuca, Rio de Janeiro/RJ.
Cep.: 22.640-100
Tel.: (21) 3570-8150

Sumário

O Medo

"Uma manhã, nos deram um porquinho da índia. Chegou em uma gaiola. Ao meio-dia, eu lhe abri a porta. Voltei para casa ao anoitecer e o encontrei tal como o havia deixado: dentro da gaiola, agarrado às grades, tremendo de medo da liberdade".

Eduardo Galeano, *O livro dos abraços.*

A Dani.

Contigo também vieram os medos,

felizmente tua risada está determinada a espantá-los.

Prólogo

MEDOS, ou a indecisão do ser
José Guadalajara

Não é o ranger aterrorizante de uma porta que se abre, nem a mão a ponto de pousar sobre o ombro na escuridão de um sótão; tampouco o grito exagerado, ou a estaca do vampiro cravada no coração. *Medos*, além de um título sugestivo, é uma descarga de emoções que Alejandro Romera nos injeta em uma série de vinte e sete relatos que despertam nossa consciência e nos tira da letargia. *Medos* é um potente remédio contra a incompreensão, a intolerância, a crueldade, o egoísmo, a inimizade, a carência de escrúpulos, os arrependimentos, a indecisão e a covardia. Em cada história deste livro existe um mundo, um mundo dentro e outro fora, porque o escritor adentra os espaços íntimos do cérebro humano para depois projetá-los em personagens do cotidiano. E é nesse dia a dia que nos encontramos com uma arma na mão, escrevendo uma carta para o pai que já partiu, que viajamos para a cidade sem esquinas ou desejamos plantar um jardim nos Pirineus. Às vezes, os medos nos arrastam e nos falam tão alto que não somos capazes sequer de notar o ruído da água, que como um caminho, passa ao nosso lado. Alejandro Romera, determinado em seu compromisso com a vida e a sociedade, desvela em seus relatos o universo secreto desses medos, os instintos e as intenções, e nos permite refletir sobre nossas carências mais óbvias. E o faz em um estilo diáfano, com uma narração que flui transitando vagarosamente pelas misteriosas galerias da imaginação, rastreando sigilosamente as pegadas nos quartos e salas da racionalidade, mas também com um golpe de impacto ao fim de cada história. Essa parcimônia do narrador se dá, no entanto, através de uma seletiva clareza de palavras, em uma estrutura muito bem projetada, pronta para criar suspense. O autor sabe perfeitamente como atingir seu objetivo: submete seus leitores à tensão das situações e as envolve com papel artificial, porém se trata, sem dúvida, de um artifício verossímil que comove por seu realismo patético. Isso não significa que Alejandro Romera deixe de usar elementos simbólicos ou metafóricos a serviço de uma intensa teatralidade, já que *Medos* nos oferece sempre uma leitura paralela e profunda que se move por baixo da linha do argumento. O leitor, portanto, se encontra diante de relatos — às vezes microrrelatos — nos quais vai descobrindo pouco a pouco as motivações de um personagem ou os mecanismos psicológicos e sociais de uma situação de conflito. A partir daí vem a estranheza e o desejo de conhecer o desenlace daquela história. Às vezes um simples esboço é suficiente para o autor criar, desde o princípio, uma atmosfera de intriga que marcará todo o conto.

Abro os olhos e não vejo nada. Tudo está escuro. Estou deitada, de costas, imóvel, desconcertada. Sinto um peso oprimindo meu peito que não me deixa respirar.

<<Minha caverna>>

Medos é um livro que, de certo modo, complementa *Kichay*, a coleção de contos publicada anteriormente pelo autor, mas, diferentemente daquela, se aprofunda mais no aspecto psicológico e na raiz mais íntima dos desejos adormecidos. *Medos* é o medo em estado letárgico. A qualquer momento, pode despertar.

Quimera

Fabian sofria de uma estranha patologia. Desde quando era bem pequeno, desenvolveu um medo irracional de quinas. Seus pais perceberam assim que começou a engatinhar. Ao aproximar--se da mesinha de centro da sala com suas ameaçadoras saliências, parava e a rodeava mantendo sempre uma prudente distância. Se o pegavam no colo e o aproximavam de algum objeto que tivesse quinas ou cantos, ele ficava branco e começava a chorar desesperadamente. Seu corpinho se retorcia angustiado pelos tremores — afirmava sua mãe —, e o branco não demorava em se tornar vermelho. Uma fobia, disseram os psicólogos. Irá passar quando crescer.

Na adolescência começou a cortar as pontas dos papéis para que tivessem um aspecto mais arredondado. E idêntico procedimento realizou, também, nos livros. Primeiro nas capas, e depois, uma a uma, em todas as suas páginas.

Em sua casa havia apenas mesas e cadeiras redondas. As prateleiras sempre acabavam unidas a outras prateleiras, nunca com as quinas pra fora. Seu pai havia limado todas as quinas dos móveis. Até as portas foram feitas sob medida com as bordas suavizadas. Uma bolha. Nisso se converteu sua casa. Apesar de ser tudo ainda ser diferente na rua.

A cidade o recebia com os braços abertos toda manhã, mas ele só via as quinas. Centenas delas. Milhares. Fabian andava todo o dia angustiado com medo de tropeçar em alguma. Por precaução, nunca se separava de uma bolsa pequena de listras negras e brancas cheia de espuma, sua única arma. Ou seu único escudo, dependendo do ponto de vista. Algumas vezes, quando não tinha outro remédio a não ser se aproximar de alguma quina perigosa, ele a forrava com espuma, e isso o fazia se sentir melhor.

Apesar de nunca ter gostado das touradas, conseguiu trabalho em uma praça de touros. Era o encarregado de manutenção e limpeza do local. O arredondado perfeito da arena lhe proporcionava um pouco de calma longe da segurança do lar, ainda que de fato apenas em sua casa conseguisse relaxar de verdade. Na ausência de quinas, não havia motivos para estar concentrado em evitá-las. E também é verdade que em casa se sentia bem, mas também vazio.

E assim passou Fabian pelos primeiros anos da juventude. Até aquele encontro.

Um amigo da escola o visitou de surpresa uma manhã. Era filho de um casal de milionários e nunca teve que se preocupar com dinheiro, assim se dedicou a viajar pelo mundo sem rumo. Sabedor da estranha patologia de seu amigo, ele lhe contou que conhecera um país longínquo onde existia uma cidade sem quinas. No início, Fabian não acreditou no que seu antigo companheiro dizia. Mas ele lhe afirmava que era verdade, e que inclusive havia tirado algumas fotos para provar. Infelizmente, o rolo de filme havia velado e todas as fotos se perderam. Não era necessário. Era tão bonito o que seu amigo lhe contava que Fabian acreditou sem reservas em cada uma de suas palavras.

E desde aquele encontro, como seria lógico, não passou um só minuto sem pensar em como seria aquele maravilhoso paraíso.

Só precisou de três dias para se convencer. Não havia sentido perder mais tempo em um lugar onde se sentia ameaçado continuamente. Seus pais tentaram convencê-lo a não ir embora, mas o destino que o esperava era demasiado doce. Tinha suficientes economias, então deixou o trabalho e comprou uma passagem para o país do qual falara seu amigo. Estava exultante.

A viagem de avião foi horrível. Uma mulher que estava sentada a seu lado não parou de folhear a revista da companhia aérea e, cada vez que passava uma página, as bordas do papel roçavam seu braço direito. Teve que pedir a uma comissária de bordo que o mudasse de assento, já que era incapaz de suportar as investidas violentas da revista.

Se a viagem de avião foi horrível, o resto foi ainda pior. Uma vez em terra, teve que pegar vários ônibus, um trem e até um burro. Agarrado a seu saco de listras negras e brancas, enfrentou inúmeros perigos. Talvez sem a ajuda da espuma não tivesse conseguido.

As indicações do amigo eram um tanto confusas e o caminho se fez mais longo do que o esperado. A viagem durou vários dias. Mas finalmente chegou.

A cidade sem quinas. Ali estava. Existia.

O governador de lugar tão singular o recebeu de braços abertos. Um sorriso perfeito, branco, reluzente. Ele lhe explicou que sofria do mesmo pânico, assim como o resto dos habitantes. No começo, há muitos anos, era apenas ele. Mas pouco a pouco, foi construindo a cidade com a ajuda de pessoas que, assim como Fabian, padeciam daquela estranha obsessão e haviam ido até ali depois de ouvir sobre a existência de projeto tão maravilhoso. Conseguiram juntos construir a cidade perfeita.

O governador lhe ofereceu alojamento durante algumas semanas enquanto procurava emprego e Fabian sentiu que havia encontrado finalmente seu destino.

Depois de instalar-se, saiu para a rua e, pela primeira vez, passeou de maneira relaxada a céu aberto. A luz do sol inundava tudo. Nem uma só nuvem. Todas as pessoas com as quais cruzou pareciam ser felizes. Caminhavam empinados, em uma postura de certa forma antinatural, quase sem olhar para o chão. Seus olhos emitiam um brilho especial. Eles não têm medo, pensou Fabian.

No começo, achou difícil se acostumar com a ideia de que ali não havia quinas que ameaçassem sua tranquilidade. Não teria que se preocupar nunca mais. Os prédios eram circulares, os tetos tinham a forma de abóbodas. Mesas redondas, papéis redondos. As ruas não se encontravam em cruzamentos, e sim em rotundas. Nem uma só faca de ponta era permitida. Até os caninos dos habitantes haviam sido arredondados.

Ao cair da noite, Fabian regressou à pensão onde se alojaria nas primeiras semanas. Ainda não acreditava no que estava vivendo. Havia encontrado um lugar onde fincar raízes. Finalmente poderia viver sem medo de tropeçar em saliências traidoras, junto com pessoas que o entendiam.

Tirou o pijama da mala e o toque no tecido o fez lembrar de sua outra vida antes de chegar à cidade sem quinas, fazia já uma eternidade. Cheirou o pijama e inspirou o aroma do amaciante que havia sido usado por sua mãe. Ele o vestiu devagar. Sentiu o aconchego do tecido deslizando por sua pele. Se meteu no banheiro e escovou os dentes diante do espelho, se olhando nos olhos. Já era tarde, e os últimos dias haviam sido cansativos, precisava dormir.

Mas se meteu na cama e não pôde evitar de se sentir esquisito. A cidade sem quinas, o que sempre havia sonhado. O lugar perfeito. Naquela noite Fabian não pregou olho.

Ao amanhecer tomou um banho frio, comeu um par de rosquinhas no café da manhã e organizou a mochila. Caminhou até a estação e pegou o primeiro ônibus da manhã. Da janela, agarrado como sempre a seu saco de listras negras e brancas, observou como a cidade sem quinas foi ficando cada vez menor até desaparecer por completo.

A viagem, do mesmo modo que na ida, se fez mais longa do que o esperado. Quando dias depois chegou ao aeroporto, compreendeu angustiado que era o momento, não podia mais postergá-lo. Apenas um voo o separava agora da cidade — repleta de quinas — na qual sempre viveu. Se queria ao menos tentar, teria que continuar sozinho.

Deixou o saco cheio de espuma junto a uma lixeira. Ficou enjoado. Sentiu vertigens ao dar os primeiros passos sem ele. Mas também sentiu leves cócegas. Talvez não fosse tão tarde, afinal.

Escravos

Feliciano Cruz penteia o cabelo com a mão, ajeita o colarinho da camisa e entra na sala. O velho espera sentado em uma cadeira de metal. Um débil foco de luz o ilumina desde a lateral cravando sua sombra na parede. Faz calor. Um ventilador cai pendurado do teto. O suor está impregnado em todas as partes. Um espelho toma uma parede quase por completo. Feliciano Cruz se olha nele. Depois dá a volta e se senta em frente ao velho. Ele o observa. Deixa passar o tempo. Não faz nenhuma pergunta. Depois de vários minutos em silêncio, o velho começa a falar. Devagar, com firmeza.

A verdade é que não sei quando foi a primeira vez que aconteceu, disse. A primeira que me lembro foi quando tinha uns catorze ou quinze anos, mas não poderia afirmar que não tivesse acontecido antes daquela noite.

Eu era um menino que apenas começava a entender como eram as coisas. Ela havia me convidado para ir ao cinema. Se chamava Sara, creio. Na verdade, isso não importa. Estávamos no colégio, e eu nem ia e nem vinha. Me lembro que naquela época meus pais me infernizavam dizendo que eu tinha que decidir de uma vez o que queria estudar, decidir o que queria fazer pelo resto da minha vida. E eu nem conseguia decidir meu corte de cabelo.

Minha única certeza era minha vontade de beijá-la. A garota mais bonita da classe — pelo menos para mim — queria ir ao cinema com o nerd, o que sempre se senta na primeira cadeira e quase não fala com ninguém. O esquisito.

Feliciano Cruz esboça um sorriso sutil. Acende um cigarro. Ele nunca teve desses problemas. Sabe como conquistar as pessoas.

Por que ela me convidou para sair naquela noite?, pergunta-se o velho. Não sei, talvez tivesse notado meus olhares furtivos na aula e queria apenas zombar de mim. Talvez gostasse dos antissociais. Talvez eu lhe caísse bem e pretendia apenas se divertir.

Nós nos divertimos no cinema. Ou isso penso. Era um filme de cowboys em preto e branco. Ao sair, eu a acompanhei até sua casa.

Quando chegamos à porta, não se via luz dentro, seus pais já deviam estar dormindo. Ela ameaçou ir, mas não foi. Em vez de entrar em casa, ficou na minha frente, em silêncio, sorrindo e fazendo círculos com o pé na calçada. E eu ali, olhando-a como um bobo. Fazia frio.

E a única coisa que eu queria era beijá-la. Mas não o fiz. Melhor assim. Quero dizer, sim, eu a beijei. Mas não fui eu.

Não me atrevia a olhá-la, e ela começou a se impacientar. Estava ventando um pouco. Em alguns momentos, fazia mais frio. Meus olhos buscaram um lugar onde se refugiar, e desviei o olhar para o chão. O que vi naquele instante mudou tudo.

Minha sombra havia decidido se aventurar por sua própria conta. Cansada de minha insegurança, lançou-se para beijá-la — bem, para beijar sua sombra —, e ambas ficaram presas em um apaixonado beijo. Pareciam estar desfrutando muito daquilo. Fiquei paralisado e demorei uns segundos para reagir. Levantei o olhar para saber se Sara estava vendo o mesmo que eu, mas só vi suas costas se afastando. Voltei novamente, com rapidez, os olhos para o chão e tudo parecia ter voltado ao normal. Sua sombra a seguia escadas acima até a porta de sua casa e a minha sombra, como se nunca tivesse quebrado um prato, me olhava da mesma maneira que eu a olhava. Pensei no beijo que se haviam dado às escondidas e senti inveja. Eu não fui capaz. Desconcertado, fui para casa.

Feliciano Cruz o olha com atenção. Como um autômato, penteia-se e ajeita novamente o colarinho da camisa. Seu interesse pelo relato foi crescendo. No começo, acreditava que seria apenas mais uma declaração de rotina, mas sua história era surpreendente. O velho quase não gesticulava. De toda forma, as algemas não lhe davam muita margem.

Nos dias que seguiram àquele encontro estranho, continua o velho, não dormi muito. Não podia deixar de me perguntar se aquilo havia sido real. Ela não me dirigia palavra na aula, portanto não pude descobrir se também havia visto o deslize de nossas sombras. Estava sozinho naquilo.

Mas voltou a acontecer. Suponho que era apenas questão de tempo. Um valentão do colégio — o Pancho — tentou roubar meu sanduíche mais uma vez. Até aquele dia, sempre havia obtido meu silêncio como resposta. Eu nunca me neguei a dar-lhe por medo que me desse uma boa surra. Até aquele dia, como já disse. Justo quando estava a ponto de tirar o sanduíche de minha mochila e entregá-lo de forma submissa, vi de soslaio — desde o incidente do beijo não tirava o olho de cima — como minha sombra não tirava o sanduíche, ao contrário, ela arregaçava as mangas da camisa para dar um soco no vagabundo de Pancho.

E foi isso que fiz. Talvez por medo de que alguém descobrisse que minha sombra estava se rebelando. O soco retumbou em todo o colégio. Eu me assustei, não vou negar. Eu a olhei novamente e vi que se mantinha firme em sua posição enquanto a sombra de Pancho fugia, correndo e tapando o rosto com as mãos.

Suponho que, a esta altura, já não acreditará em mais nada do que estou dizendo. Mas é verdade, juro, não estou inventando nem uma só palavra.

Feliciano Cruz o olha com seriedade. Sente-se incomodado. O que o velho diz não tem sentido algum, mas parece real. Acende outro cigarro. Uma pequena câmera está gravando de um canto. O velho continua.

Desde aquele dia adquiri a habilidade — que outro remédio? — de seguir minha sombra sigilosamente, sem que ninguém perceba que sou eu quem a sigo e não ela a mim, como deveria ser.

Tenho que estar sempre atento. Já me acostumei, são muitos anos juntos e quando tenta me pregar uma peça, eu a imito com rapidez. Talvez demore um ou dois milésimos de segundo para conseguir repetir seus movimentos, mas não muito mais. Ninguém se daria conta em uma simples olhada.

Minha vida é difícil de descrever. E casei, mas nunca gostei da minha mulher. Consegui um bom trabalho em uma multinacional que sempre odiei. Virei um corredor fundista e ganhei uma ou outra corrida, apesar de gostar muito de um sofá. Fiz muitos amigos. Dinheiro, festas. Comecei a ser invejado. Quem diria, não é?

Mas é mentira. Tudo é mentira. É ela quem decide. No começo, estava tudo bem, não vou negar. Mas depois se transformou em uma maldição. Nunca teve a sensação de estar vivendo uma vida que não é a sua?

Feliciano Cruz se vira para sua direita. As sombras de ambos se projetam na parede. Observa a silhueta do velho, as mãos algemadas. Sua sombra encurvada contrasta com a sua, esticada, firme. A luz tênue confere um aspecto cavernoso à sala de interrogatórios.

Não fui eu que matei minha esposa, juro. Nem meus pais. Nem todas essas meninas. Eu não o fiz. Foi ela. Ela me obrigou a fazer isso.

Feliciano Cruz se recosta na cadeira. Sorri. Por um momento, quase engole a história do velho. Parece mentira, um policial com sua experiência. Aspira uma grande tragada do cigarro e olha de soslaio para o espelho que cobre a parede. O velho parece adivinhar seus pensamentos. Ele se ajeita o máximo que as algemas o permitem e começa a falar com mais determinação.

O senhor ri, mas sabe o que penso? Não sou o único! Lá fora existem muitos outros como eu! No fundo, é fácil. É atraente, não acha? Mais pessoas do que o senhor pensa obedecem a suas sombras sem reclamar. Tenho certeza. Talvez nem sequer se deem conta. É difícil perceber.

Volta a se deixar cair na cadeira. Bufa um par de vezes. Parece se acalmar. Feliciano Cruz o olha em silêncio. Seu sorriso se esfumou, os olhos do velho não pareciam mentir.

Suponho que a cadeira elétrica me espere, não é? Ou talvez a prisão perpétua?

Talvez seja melhor que não acreditem em mim. Só quero descansar, sabe? Não vou provar minha inocência, façam o que tiverem que fazer comigo. Estou cansado.

O velho recosta e fecha os olhos. Parece dar por terminada a declaração. Deixa as palmas das mãos para cima, sobre a mesa. O silêncio toma conta da situação. Feliciano Cruz se levanta. Faz um gesto para o espelho e um dos guardas abre a porta para que possa sair da sala de interrogatório. Do limiar da porta, ele se vira e observa aquele preso singular. Ele levanta seu olhar e deixa escapar uma última frase.

A única coisa que peço é que, se decidirem não me matar, pelo menos me deixem na solitária, por favor. Sem janelas.

Horas depois, Feliciano Cruz não pôde deixar de pensar nessa última frase do velho. Parecia sincero. Sabe que inventou tudo aquilo para parecer louco e desse jeito, talvez, evitar a cadeira elétrica. Mas esse pedido estranho o mantém inquieto. Uma solitária.

Feliciano Cruz termina seu turno. Tira o uniforme e se veste com a roupa de civil. Retoca novamente o penteado e sai da delegacia. Mas já na porta, decide voltar. Sabe que a essas horas não há ninguém na sala de documentação. Entra devagar e procura a fita sem fazer ruído. Não demora a encontrá-la, ao fim e ao cabo faz apenas algumas horas. Liga a televisão e baixa o volume. Observa as imagens do interrogatório do velho.

Aperta o pause cada vez que o preso muda de postura — algo que acontece pouco —, e tenta descobrir quem se move antes. Não consegue detectar a mais mínima diferença entre sua sombra e o próprio corpo. A precisão do vídeo não é boa e a fita trava cada vez que recomeça a reprodução.

Procura por algum indício que confirme a veracidade do que disse o velho. Feliciano Cruz se sente ridículo. Ainda assim, não deixa de mergulhar nas imagens. Algo lhe dizia que o velho não mentia.

Fica tarde e não consegue encontrar nada. Cansado, desiste e vai embora. Mas leva a fita com ele, em casa poderá examiná-la com calma.

No carro pensa na estupidez de seus atos. Como se fosse um novato, um principiante, concedeu um crédito absurdo às palavras do acusado. É lixo, apenas quer se livrar da pena de morte.

Chega em casa cansado, tenso. Mas ainda não tem a intenção de se deitar. Prepara um uísque e tira a fita roubada do bolso. Ele a observa entre suas mãos e, por um momento, imagina que encontra, de fato, o que está procurando. A sombra do velho se move um milésimo de segundo antes que o próprio velho. Mas apenas imagina. Não se atreve a colocar a fita no vídeo cassete. Algo o inquieta. Olha-se no espelho. Não pode tirar da cabeça a conversa com o velho.

Sem saber bem o porquê, vai de novo para a rua e joga a fita na lixeira que está em frente à sua casa. O caminhão do lixo passará de madrugada e a levará, e em poucas horas será destruída. É o melhor, pensa.

Sente-se estúpido. É tarde, então, decide dormir.

Da única janela de seu quarto, observa, pensativo, a rua. Uma mulher que passeia com seu cachorro levanta a cabeça e olha sem querer. Ele fecha a persiana com rispidez. Até embaixo. Tira a roupa e se mete nu na cama. Apaga a luz e os contornos desvanecem. Os músculos finalmente se relaxam. Feliciano Cruz deixa escapar um suspiro. O cabelo livre, desordenado sobre o travesseiro. O quarto completamente às escuras. Sem uma única sombra. Igual a uma solitária.

Arrependimentos

Depois de muito tempo, meu pai retomou sua velha rotina de me visitar toda noite em meu quarto. Sempre foi um costume incômodo, estranho.

Quando estou a ponto de dormir, entra em silêncio. Minha mãe não sabe, claro. Ela tem certeza de que essas visitas noturnas terminaram faz tempo. Quando o silêncio toma conta da casa, meu pai se aproxima devagar. Eu finjo estar dormindo. Acaricia meu cabelo e meu rosto. Também o pescoço. Mas sua mão já não desliza para debaixo dos lençóis. Agora é diferente. Seus beijos se concentram apenas em minha testa. Depois me cobre devagar, com ternura, e uma sensação agradável me emociona. Talvez já não seja um costume tão estranho ao fim e ao cabo. A não ser, claro, por meu pai ter morrido há três anos.

Custodi me a bestiam

Eu era um recém-chegado quando aconteceu. Na verdade, não esperava que acontecesse nada de relevante durante minha visita. Minha intenção era ficar uma ou duas semanas, falar com os habitantes do povoado e conhecer os lugares onde afirmavam tê-lo visto. Jamais pensei que minha estadia em Corvelló fosse se transformar em algo mais que uma simples busca por informação.

Quando em março de 1956, Félix Barroso terminou seus estudos em antropologia e precisou decidir o tema de sua tese, não teve nenhuma dúvida. Convencido de que os seres das lendas que inundavam sua terra eram obra da mente humana, estava determinado a provar isso. Ferrenho defensor da verdade científica, não acreditava em nada que seus olhos não pudessem ver. *Bestas das lendas: mito ou realidade?* Esse foi o título que escolheu para seu estudo.

Quando era pequeno, meus pais me contaram centenas de histórias de homens que raptavam as crianças e as levavam dentro de um saco, ou sobre pessoas normais que durante as noites de lua cheia se transformavam em bestas horripilantes ávidas por sangue. Quando cresci o suficiente, precisei de tempo para compreender que não eram mais que invenções. Senti-me estúpido. Meus pais, no entanto, ainda se empenhavam em me fazer acreditar de que eram reais. Como se eu continuasse sendo aquela criança que deveria ser convencida a não se levantar da cama à meia-noite. Sua atitude me exasperava, não suportava que continuassem me tratando assim. Até que um dia me dei conta. Realmente acreditavam nelas. Não me contavam para me amedrontar, mas porque tentavam me proteger. Lembro que ao completar vinte e um anos, minha mãe me presenteou com um colar com uma estranha cruz. Assegurou que me manteria a salvo de qualquer monstro, e eu o aceitei de má vontade. Era difícil para mim pensar que eles acreditavam em todas aquelas bobagens.

Talvez por isso Félix Barroso decidiu ir até o fim em seu estudo. Tinha que provar a seus pais que os monstros não existiam. Apesar de ambos terem falecido anos antes em um acidente. Isso era o de menos. Ele sentia a necessidade de questionar as histórias que eles lhe contaram por toda a vida.

A primeira parada escolhida para a investigação foi Corvelló, um pequeno povoado perdido na Serra. A figura do lobisomem sempre lhe chamou a atenção e ali se falava da existência de um deles. Procurou no arquivo local e encontrou vários artigos dos jornais da região. Um inclusive mostrava fotos de pessoas desaparecidas. Falavam de um ser estranho que vivia nos montes e que sempre era visto pela noite. Acreditava-se que ele ou não podia ver a luz do sol ou se transformava em humano durante o dia. Uma mutação da natureza, uma maldição quem sabe. Fosse o que fosse, de acordo com aqueles textos, havia anos semeava o terror naquela região.

Félix Barroso entrou em contato com o prefeito para tentar organizar a visita. No lugar não havia pensões — apenas ficaram seis habitantes —, mas algumas casas de antigos vizinhos permaneciam intactas. Se para ele aquilo não fosse um problema, poderia ficar em uma delas durante as semanas que necessitasse.

Chegou a Corvelló em uma sexta-feira pouco antes do meio-dia. Não existia estrada que chegasse até ali, portanto, teve que fazer os últimos seis quilômetros a pé. Apesar do inverno estar quase terminando, nevava levemente naquela manhã. O povoado era rodeado por um espesso bosque. Escondido entre carvalhos e arbustos, não viu nenhuma casa até que esteve a escassos metros. Todos os habitantes o estavam esperando. Não estavam acostumados a visitas e haviam organizado um almoço em sua homenagem na casa do prefeito.

Durante a recepção, eles o olhavam de modo estranho, surpresos talvez por um jovem da capital estar interessado em sua história. Sussurravam entre eles sem lhe dirigir uma palavra. Félix Barroso se sentiu incomodado. O prefeito se levantou cerimoniosamente, e todos calaram. Com voz grave, pausada, falava como se divertindo em cada sílaba, o gesto firme, o olhar cravado no convidado. Félix Barroso se sentiu ainda mais incomodado. O prefeito terminou seu breve discurso perguntando-lhe sobre os detalhes de sua investigação.

Ele explicou que queria realizar um estudo sobre a besta que rondava o povoado. Claro que não lhes disse nada sobre suas verdadeiras intenções: provar que aquele monstro era produto da imaginação popular. Provavelmente eles estavam convencidos de sua existência, e a última coisa que queria Félix Barroso era ofendê-los. Talvez, se tivesse dito a verdade, não teriam permitido que eu ficasse.

Depois de comer, demos um passeio pelo lugar. Eu acreditava que Corvelló era uma pequena aldeia e me surpreendi ao comprovar que não era assim. Havia até alguns edifícios com quatro andares. Em outros tempos milhares de pessoas devem ter vivido ali.

Depois do passeio, o prefeito me mostrou a casa onde eu iria ficar. Na pia ainda estava um prato com restos de lentilhas endurecidas. Os armários estavam cheios de roupas. Umas sapatilhas velhas junto à cama. Tinha pensado em começar com as entrevistas aos vizinhos na manhã seguinte.

Ao amanhecer, o prefeito encontrou um de seus cordeiros morto. Félix Barroso estava comendo uma maçã de café da manhã quando escutou os gritos. Guardou a fruta pela metade no bolso e saiu para ver o que acontecia. Os vizinhos haviam se reunido ao redor do animal, as tripas estavam espalhadas por todo o estábulo. O cheiro de sangue impregnava o ar. Os bosques estavam cheios de lobos, pensou em voz alta, não era tão esquisito que um deles tivesse feito uma incursão noturna para caçar. As marcas de um lobo seriam muito menores, afirmou o prefeito. Aquelas pertenciam a uma besta maior.

Talvez um urso?, perguntou. E todos se viraram para ele. Como se o estivessem estudando, como se avaliassem se era digno de confiança. O olhar dos vizinhos se prolongou por alguns minutos. Ele ficou em silêncio. Foi o prefeito, outra vez, o único que disse algo. Existia um ser oculto nas profundezas do bosque. Um ser que possuía garras no lugar de dedos. Unhas opacas, afiadas, que podiam estripar um homem com um só golpe. Ele se alimentava unicamente de carne e sempre estava faminto. Metade humano, metade besta. Capaz de mudar sua aparência, podia inclusive ser um dos que ali estavam. Os vizinhos pararam de me olhar com desconfiança, seus olhos refletiam agora o terror diante das palavras do prefeito. Nenhum deles o havia visto, mas sabiam que seguia vivo. As últimas provas estavam ali diante de seus olhos. A morte daquele cordeiro não podia ter sido promovida por outro animal, sentenciou o prefeito. Era ele.

É evidente que não acreditei em nada do que ele contou. Mas observei seus olhares sérios, suas mãos curtidas, e soube que eles levavam aquilo muito a sério. Eu não dava crédito àquilo. Apesar de ter vindo justo para isso, não podia compreender que ainda existissem lugares cujos habitantes acreditassem em tais bobagens. Voltei para casa. Precisava anotar tudo aquilo.

Enquanto escrevia, brincava com o pingente com que minha mãe me havia presenteado anos antes. Nunca o tirei desde o meu vigésimo primeiro aniversário. Uma estranha cruz com inscrição em latim. Eu não sabia nada de latim, mas conhecia seu significado. Proteger-me da besta.

Por volta de uma hora mais tarde, bateram em minha porta. Vamos organizar uma batida no bosque. Deve vir conosco. Pensei que seria melhor não os contrariar, portanto, peguei a primeira coisa que tinha à mão — uma faca de cozinha um tanto enferrujada — e os segui até a praça.

Quando já estavam todos reunidos, o prefeito os organizou e saíram à procura da besta. O povoado ficou vazio. Armados de enxadas, foices e facões, eles entraram no bosque.

Félix Barroso partiu em companhia de dois de seus vizinhos. Observava seus movimentos, fazendo anotações mentais para seu estudo. Olhavam em todas as direções. Um deles levava uma enxada e o outro, uma foice. Ele completava a comitiva com uma faca oxidada. Não falaram. Fez algumas perguntas, tentou começar uma conversa, mas ninguém lhe respondeu. Seguravam com firmeza suas armas. Estavam pálidos. Fosse ou não real a lenda daquele monstro, seu medo, sim, era real.

Até que voluntariamente, eu os despistei. Eles estavam tão concentrados em um ataque da besta que não perceberam que eu ficava para trás. Estava cansado. Rodeado de carvalhos centenários, sentei-me sobre uma pedra e peguei meu caderninho. Precisava anotar tudo, muitas coisas estavam acontecendo, e não queria me esquecer de nada. Começou a ventar um pouco, e um pensamento absurdo infectou minha mente. Estava sozinho, não havia ninguém que me cobrisse a retaguarda. Era a vítima perfeita para o monstro.

Girei no meu próprio eixo, assustado, convencido de ter ouvido passos. Mas não havia ninguém. Nem sequer o ruído do vento. Apenas eu. Já não podia ouvir nenhum de meus companheiros, e provavelmente eles também não podiam me ouvir. Comecei a gritar e comprovei que, de fato, era assim. Ninguém respondeu.

Félix Barroso observou um buraco entre as pedras. Por séculos, a água escavara o interior do monte, deixando-o oco. A zona estava cheia de cavernas. Apesar de que, de fato, aquele buraco parecia mais com a toca de um animal selvagem do que uma caverna formada de maneira natural. Aquele seria o esconderijo perfeito para o monstro do qual falava a lenda. Félix Barroso se levantou e entrou nele. Tive que entrar agachado, mas uma vez dentro vi que o lugar era maior do que parecia. Ajeitei-me e comecei a caminhar sem saber muito bem o que procurava. Não sei por que me meti ali, simplesmente senti a necessidade de fazer isso. A luz era escassa e ia minguando a cada passo. Estava cheio de uma espécie de lama. Apenas minha respiração quebrava o silêncio. A escuridão começou a tomar conta de tudo. Deveria dar a volta. Precisava apalpar os relevos das paredes para me orientar. Depois de um tempo, fechei os olhos e percebi aterrorizado que minha percepção não mudava em absoluto ao fazê-lo. Não via nada. Estava perdido. Amaldiçoei-me e continuei caminhando, deveria encontrar a saída.

Eu me guiava por uma mão e na outra, que tremia, empunhava a faca, de fato não acredito que tivesse avançado muito. Talvez estivesse andando em círculos. A cada passo tinha mais dificuldade em respirar o ar parado. Sentei um pouco na lama. Eu não podia acreditar naquilo. Como eu pudera ser tão estúpido? Desejei que o prefeito e os outros estivessem à minha procura. Eu me levantei e segui avançando às cegas. Pareceu-me que vislumbrei algo novo. Sim, primeiro a débil silhueta de minhas mãos, depois os braços, as pernas e até os relevos da parede ganhavam forma diante de meus olhos. Conforme me aproximava ao que naquele momento eu acreditava ser a saída, a claridade parecia crepitar como fogo. Atravessei uma pequena gruta e o vi. De fato, tratava-se de fogo que resistia a duras penas. E junto havia um vulto, uma estranha figura.

Meu pulso acelerou. Talvez sim existisse a besta. Talvez as lendas que meus pais me contaram fossem verdadeiras afinal. Coloquei minha mão entre a camisa e agarrei com força o pingente de minha mãe. Se em alguma vez fosse precisar de sua ajuda, sem dúvida aquele era o momento. Eu me aproximei devagar, certificando-me bem de cada um de meus passos. O suor impregnado no cabo da faca. A ponta afiada, tremendo, apontando para a estranha figura.

A poucos metros vi que a figura não tinha nada de estranha, na verdade. Era humana. Um ancião curvado sobre si mesmo me observava em silêncio.

Os ossos eram profundamente marcados. Pouco se diferenciava de uma caveira. Barba desalinhada. Pernas frágeis, encolhidas. O rosto daquele velho me era de alguma forma familiar, apesar de não lembrar o porquê. Repousava sobre um leito de ramos secos. Não parecia ter forças para se levantar.

Félix Barroso se aproximou e se ajoelhou ao seu lado. Deixou cair a faca no chão. Ninguém disse nada. Ficaram se olhando um longo tempo em silêncio. Ele tirou meia maçã que guardava no bolso e a ofereceu. O velho a pegou desesperado com as mãos e a devorou em apenas uns segundos. Félix Barroso se levantou e lhe ofereceu a mão para que ele também se levantasse. O velho olhou e se agarrou a seu braço com força.

Solte o, besta maldita!

Aquele grito nos assustou. Era a voz do prefeito. Eu me virei e vi meus novos vizinhos a poucos metros. Talvez tivessem visto quando eu entrava na caverna e me seguiram. O prefeito estava no centro nos olhando com autoridade. Os demais estavam bem alterados. Quis tranquilizá-los, dizer que não se tratava da besta, e sim de um pobre velho. Mas não deu tempo. Tudo aconteceu muito depressa.

Eles nos apontavam com suas armas sem avançar, sem atrever a se mover. Pareciam muito assustados. Era apenas um pobre velho. Não podia machucar ninguém. Me agarrava com sua mão porque eu mesmo lhe havia oferecido meu braço para poder se levantar, não queria me fazer mal. Não havia o que temer.

Calma, disse o prefeito. Nós o mataremos antes que ele te arranque o braço.

Arrancar meu braço? Se nem tinha forças para se levantar. O prefeito era o único que parecia manter a calma. Fez um leve gesto com a mão e os demais deram um passo para frente. A pressão de suas armas se fez mais asfixiante entre nós. Eu o olhei e me lembrei por que seu rosto parecia familiar. As fotos dos desaparecidos que encontrei naquele jornal. O velho abriu a boca devagar e deixou escapar um murmúrio inaudível. Ajuda, deu-me a impressão de ter lido em seus lábios. Baixou o olhar e apertou seus dedos sobre meu braço. Estava tremendo.

Deveria convencê-los de que não o matassem, era inofensivo. Provavelmente o prefeito não prestaria atenção, mas talvez os demais me escutassem. Observei as enxadas, foices e os facões que nos rodeavam inquietos. Seus rostos estavam desconcertados. Não paravam de lançar olhares para o prefeito, fugazes, submissos. Soube que seriam capazes de fazer qualquer coisa. Ele, enquanto isso, parecia ter esquecido do velho. Ele me observava com ar sério. Sereno, firme. Eu também comecei a tremer.

Félix Barroso se agachou e recolheu a faca do chão. Com um rápido movimento de seu braço, deslizou-a pelo pescoço do velho que não demorou em cair sobre a lama. Não sei por que fiz aquilo.

Os vizinhos se olharam incrédulos por uns segundos, depois começaram a gritar enlouquecidos. Uma poça de sangue ia se espalhando junto ao corpo do velho. Todos me abraçaram entre exclamações de júbilo. Eu me transformei em um herói. Mas eu sequer podia me mover. O prefeito apertou minha mão em silêncio, com um sorriso de satisfação nos lábios. Entre vários, carregaram o corpo do ancião e se encaminharam exaltados até a saída. Não perceberam que Félix Barroso não os seguia.

Fiquei ali, paralisado. Observei minhas mãos. Desprezíveis, manchadas de um sangue que já começava a ressecar. Tirei o pingente da minha mãe e o lancei ao fogo, não foi capaz de me proteger. Os gritos dos vizinhos se ouviam cada vez mais longe. A chama não demorou a se extinguir e a escuridão invadiu tudo de novo.

Nunca ninguém voltou a ver Félix Barroso. Me deixei cair sobre a lama. Derrotado. Frio.

Silêncio.

Vazio

Arrasta-se pelo corredor até a cozinha. Ainda de pijamas. Passos lentos e curtos, como já era habitual nele. Está anoitecendo. Serve-se de uma xícara de chá e se senta na poltrona preta do salão diante de vários exemplares de jornais do dia. Sabe de cor a página onde ficam os obituários. Pega seu caderno com folhas quadriculadas e vai anotando os falecimentos que ocorreram nas últimas horas. Algumas gotas de chuva batem timidamente na janela.

No computador procura por detalhes sobre os falecidos — vai que alguém pergunta — e constrói uma tabela com os dados que vai descobrindo. Há dias em que não consegue encontrar informação e prefere não se arriscar.

Hoje está com sorte. A rede está cheia de informação sobre o defunto José Manuel Ramírez Belloso. Falecido aos sessenta e três anos de idade, às duas horas e vinte minutos de terça-feira, dia 28 de janeiro de 2014. Sua esposa, filhos e netos não o esquecem.

Olha seu relógio. O corpo já deve repousar na casa funerária. De acordo com os dados que encontrou, no da avenida dos Cravos. Não haverá problema.

Veste-se de preto e calça os sapatos que ela lhe deu de presente. Observa o quadro do corredor com a foto que tiraram na última viagem.

Sai para a rua. Começou um vento gélido, e o chuvisco ameaça se transformar em tempestade. Coloca as luvas e abotoa sua gabardina até em cima. Não pega o ônibus. Prefere caminhar.

A primeira coisa que faz ao entrar na casa funerária é entrar no banheiro para limpar o suor. Está pálido, mais do que o habitual. Lava o rosto e se penteia com a mão. Ajeita um pouco a camisa e suspira. Outra vez aqui.

Esquenta os músculos da cara fazendo caretas na frente ao espelho e, quando acredita estar pronto, vai na direção da sala sete, onde José Manuel Ramírez Belloso e família o esperam.

Na sala, haverá umas vinte e cinco pessoas. Normalmente costuma encontrar mais gente, mas não é de todo ruim. Em uma ocasião, enganou-se nos cálculos e entrou em um velório com apenas quatro pessoas, aquilo sim que foi um erro. Mas vinte e cinco não é um número ruim. Se souber escapar — e tem experiência de sobra —, passará desapercebido.

Cabisbaixo, caminha arrastando os pés até ficar a poucos metros do caixão. Dá uma olhada ao redor. Desaparecendo entre eles, na verdade estuda os demais rostos. Faz três anos em que realiza a mesma rotina e sempre se saiu bem. Não está preocupado, apenas alerta. Mantém a tensão necessária para não cometer erros.

O morto foi diretor financeiro de uma empresa de cosméticos. Aos vinte anos, se casou com Esperanza Rivera, com quem teve três filhos que se chamavam José, Manuel e Ramiro. Não conseguiu encontrar os nomes dos netos, mas isso não é importante. Se alguém lhe perguntar, dirá que é um colega de trabalho, um de seus subordinados. Não tem por que saber o nome dos netos. Aquilo será suficiente se alguém começar uma conversa.

Não demora em detectar a viúva. Apoiada na parede, com o olhar perdido. Tem o cabelo envolto em um lenço e se esconde atrás de uns enormes óculos escuros. Está só. É um bom momento.

Aproxima-se dela e, sem falar nada, ele a rodeia com seus braços. A viúva se deixa levar e não pergunta — não costumam fazê-lo —, apenas se deixa abraçar. Ele também não diz nada, se limita a olhá-la, a se divertir com cada detalhe. A poucos centímetros, sente prazer cheirando sua pele. Nesses momentos, todo mundo tem o mesmo cheiro.

Ao cabo de uns minutos, desfaz o abraço. Ela fala algo em voz baixa, quase inaudível. Ele não queria ir, disse. Por quê? Leve-me, Senhor, leve-me! Depois começa a chorar.

Ele não quer chamar a atenção, por isso prefere afastar-se. Senta-se em uma cadeira em um canto. Ali passará inadvertido.

Observa os convidados em silêncio durante alguns minutos. A viúva repousa agora nos braços do que parece ser seu filho. Quatro homens conversam com uma cerveja na mão, os garçons fizeram bem seu serviço. Três anciãs rodeiam o caixão enquanto lançam suspiros entre ruídos, não param de chorar um segundo. Um bebê engatinha inseguro sob o olhar de várias mulheres. Um par de adolescentes, encostados na mesa do buffet, não param de engolir sanduíches e croissants de presunto e queijo. Alguns casais permanecem de pé em silêncio. Um menino brinca com um celular.

Na verdade, eles são o de menos. O ar flui denso, carregado. Em todos os olhares se pode distingui-la. As conversas não importam, nem as lágrimas. Quem sabe se são sinceras. A única coisa sincera aqui flutua pelo ar. Pode se perceber sem muito esforço. Nítida e clara. As paredes ocres, os sofás fofos, até os sanduíches de presunto e queijo. Tudo é igual. Falam de futebol, do bebê, da última prova de matemática. Nada é real. Apenas seu cheiro inundando tudo. Esse cheiro.

A viúva começa a gritar novamente. Por quê? Leve-me no lugar dele! Leve-me!

Ele está começando a ficar nervoso com a choradeira. Levanta-se rápido e se aproxima do caixão. As velhas da confusão continuam pregadas. Não há maneira de ter um pouco de intimidade com o morto. Tentando evitar seu olhar, ele se dobra sobre o cadáver e toca suas mãos. Estão geladas, rígidas. O normal. Seu corpo estremece ao contato com a pele do defunto. Por uns segundos, pode senti-la de novo. Esboça um amargo sorriso. Talvez seja a única coisa que dá algo de sentido à sua vida. Se é que isto pode ser chamado de vida.

Desatou a tempestade, e a chuva agora bate com força no telhado da funerária. Ouve-se um ou outro trovão. Ele olha o rosto do morto — relaxado, sereno, em paz — e sente inveja.

Não deve abusar, então volta a se sentar na cadeira do canto. Cabisbaixo. Um pouco mais tranquilo também.

A viúva em um ataque de raiva se joga entre lágrimas sobre o caixão. Leve-me no lugar dele! Não é justo! Não é justo!

Quando a ouve dizer o último *leve-me*, toma uma decisão. Cedo ou tarde, a viúva irá dar um passeio sozinha. Sempre o fazem. Necessitará de um pouco de ar e sairá para caminhar. É a primeira vez que vai fazer algo assim. Um impulso. Não pensa muito. Nesta noite, ele está especialmente sensível. Hoje faz três anos sem ela.

Sentado ao final do corredor, só precisa esperar duas horas e quinze minutos. A porta da sala sete se abre e a viúva sai sem companhia, como havia previsto.

Posso matar você agora mesmo, ele lhe sussurra ao ouvido.

A viúva começa a chorar — ou continua chorando, ainda que o motivo agora seja outro —, as pernas cedem e, se ele não a estivesse segurando, cairia sobre o carpete.

De verdade, você quer ir para junto de teu esposo?, ele pergunta.

Quem dera que alguém lhe tivesse feito a mesma oferta alguma vez.

A viúva está tremendo, balbucia palavras desconexas debaixo de sua mão. Ele afrouxa um pouco a pressão para deixá-la falar.

Por favor, soluça, não me mate.

E ele desfaz o abraço. Apesar de tudo, ele a entende. Ela cai no chão, como um animal morto. Levanta-se aos tropeços e começa a correr com dificuldade.

Decide ir embora. É tarde. Sai da funerária devagar, em silêncio. Abotoa a gabardine preta, faz frio e está escuro do lado de fora. Apesar da força com que caiu a tempestade, o chão está quase seco. Hoje faz justos três anos.

Caminha lentamente. Cabisbaixo, arrasta os pés. De vez em quando, levanta o olhar uns segundos, mas em seguida volta a baixá-lo. É noite fechada. Tudo está vazio. Quando chega em casa, ainda está escuro. Entra em seu apartamento deserto e baixa as persianas. Nada entra do exterior, apenas algumas horas mais tarde se encherá de vida.

Um prato de almôndegas

Tiro um filé de frango da geladeira e acendo o fogo embaixo da frigideira. Enquanto o azeite esquenta, começo a preparar uma salada para acompanhar. Ligo a televisão como de costume.

— Não tem nada que possamos fazer. — A voz rouca de um homem interrompe meus pensamentos. — Estamos desesperados, nosso filho foi a uma dúzia de hospitais, e ninguém foi capaz de diagnosticar sua doença. Já recorremos a tudo. Inclusive vários sacerdotes nos visitaram.

— De fato — interrompe a repórter —, um dos sacerdotes que despareceu este mesmo dia. O senhor tem alguma ideia do que lhe pode ter acontecido?

— A polícia me orientou a não dizer nada na televisão. Estão investigando. Saiu de casa assustado. Esteve aproximadamente meia hora a sós com Isaiah e fugiu. Não sei o que pode ter acontecido. Esteja onde estiver, espero que o Senhor possa ajuda-lo — conclui.

Mostram na tela umas imagens do sacerdote desaparecido. Não posso acreditar. Conheço esse rosto. Phill Callaghan. Um de meus companheiros de seminário. Faz anos que não o vejo, mas não há dúvidas. Não tinha nem ideia de que estivesse desaparecido.

— Senhor Miller — a repórter fez uma pequena pausa —, o senhor acredita que seu filho possa estar sofrendo algum tipo de possessão?

— Não sei o que acontece com meu filho, senhorita. Apenas nosso Senhor sabe.

Sai fumaça da frigideira. O azeite está a ponto de queimar. Apago o fogo e me sento no sofá. Diante da televisão. A repórter pergunta se podem subir ao quarto de Isaiah, querem gravar o menino.

— Não quero que aborreçam meu filho — sentencia o senhor Miller.

Uma fotografia, essa é a única coisa que vão mostrar.

— Se alguém pudesse nos ajudar — soluça enquanto mostra a imagem do menino para a câmera —, ficaríamos eternamente agradecidos.

Vejo o rosto do menino e não tenho dúvida alguma. Sei como devo agir. Já fiz outras vezes.

Três dias mais tarde, me encontro diante da granja dos Miller. Vivem afastados de tudo. O povoado mais próximo está cerca de trinta quilômetros e nenhuma outra casa se vê nos arredores.

— Padre — Raymond Miller sai para me receber no portão de metal que dá as boas-vindas à granja —, agradeço sua presença.

Um pequeno caminho sem asfalto separa o portão da entrada da casa. Raymond Miller caminha em silêncio na minha frente. Seu andar parece cansado. As costas curvadas. Mãos inchadas. Aparenta ter mais idade do que deveria ter em teoria.

Em ambos os lados do caminho, ramos secos, terra remexida e vazia. Isto deve ter sido um jardim não faz muito tempo. Flutua um odor desagradável, rançoso.

Ao chegar à porta, o senhor Miller se vira para mim.

— Perdoe minha esposa e minha filha — diz ao apontar com o braço o outro extremo da propriedade. Olho para o lugar e observo ambas. A menina está montada em um balanço. A mulher empurra. Parecem felizes. Como se alheias ao horror no qual estavam vivendo. — Não quero aborrecê-las. E o senhor veio para conhecer meu filho.

— De fato – respondo sem vacilar. — Morro com o desejo de conhecê-lo. Gostaria de vê-lo sozinho, seria possível?

— Sinto muito, padre, é melhor irmos os dois. Meu filho é medroso, e não quero que se assuste. Nunca o deixo sozinho, espero que compreenda.

— Entendo — respondo. Lembro da frase que o senhor Miller disse na televisão sobre o desaparecimento do padre Callaghan: "esteve aproximadamente meia hora sozinho com Isaiah e fugiu".

Preparo meu equipamento — uma Bíblia, um rosário e um pequeno frasco de água benta —, e subimos ao quarto do pequeno. As persianas estão baixadas quase por completo. Apenas um pequeno fio de luz se filtra através delas.

— Quem é este senhor, papai? — o tom doce de sua voz contrasta com o olhar de ódio. Está deitado na cama e segura um livro infantil nas mãos. Seu rosto está cheio de feridas ainda por cicatrizar. Parece uma história contada em livros.

— Olá, filho — eu lhe digo enquanto me aproximo. Raymond Miller fica no limiar da porta. — Vim para te ajudar.

O menino me olha. Ambos permanecemos em silêncio uns segundos. Um leve sorriso começa a aparecer no rosto de Isaiah, devagar, sutil.

— Me mata — sussurra. O ar apenas sai de seus pulmões. Deixa escapar um sorriso enquanto o observo em silêncio. — Me mata, por favor, se é verdade que quer me ajudar.

É óbvio que o que fala não é o pequeno Isaiah. Troco olhares com Raymond Miller. Destampo o frasco com água benta e, sem pensar, a jogo sobre o peito do menino.

— Que o senhor esteja contigo! – grito.

O pequeno se agita na cama. Tenta se jogar sobre mim, mas algo o impede. Está amarrado.

— Maldito velho! Você irá se arrepender! Vou te matar!

Tenta se levantar novamente para me agredir. Os olhos injetados em sangue. Apenas consegue mover os braços uns quinze ou vinte centímetros. As algemas apertam seus pulsos.

Pego a Bíblia e começo a ler alguns versos. Continuo jogando água benta. Uiva como um lobo. Seus olhos ficam brancos. As feridas cicatrizadas se abrem. Senhor, me ajude.

— Porco asqueroso! Vou comer tuas entranhas!

Raymond Miller permanece no limiar. Ele nos observa horrorizado. Tiro o rosário e o coloco diante dos olhos do menino. Responde com mais gritos. Intensos, agudos. Começa a sofrer convulsões. Uma das algemas que o prendem se quebra. Caio de costas no chão. Não esperava por isso. Raymond Miller se segura no batente da porta e já está quase perdendo o equilíbrio.

— Sai de Isaiah, demônio! — grito do chão.

Um uivo do menino me faz estremecer. Não parece humano. Ele se remexe com violência. Levanto e pego outra vez o frasco de água benta. A mão de Raymond Miller me detém.

— Basta — sussurra.

— Como assim? Estamos conseguindo. O demônio está a ponto de ser vencido. Vou expulsá-lo.

— Deve parar. Não posso ver meu filho sofrendo assim.

— Senhor Miller, este não é Isaiah. Deixe-me sozinho com ele apenas uns minutos e prometo que irei curar seu filho.

— O senhor o está machucando. Por acaso não ouve seus gritos?

— Este que grita não é Isaiah! Não o ouça!

— Saia do quarto, padre, por favor!

— Mas... não compreende?

— Amanhã poderá continuar — a mão do granjeiro aperta meu braço. Seu olhar não deixa lugar para dúvidas. — Vá dormir e amanhã poderá terminar o trabalho começado. Agora temos que sair, e deixá-lo descansar.

Não há o que fazer senão obedecer. Do batente da porta, eu me viro e olho para o menino. Ele me devolve o olhar com um sorriso nos lábios.

— Volte logo, padre. Me sinto muito sozinho aqui sem o senhor.

Raymond Miller fecha a porta e me atiro contra ele.

— Por que não me deixou terminar? O senhor está louco?

— Veio a minha casa para me insultar? — a voz do granjeiro parece irritada. Depois de um breve silêncio, acrescenta: — Olhe, eu agradeço sua ajuda, mas não posso ver meu filho sofrer assim. Isaiah necessita repouso, amanhã poderá continuar. Não há mais nada a falar.

Compreendo que devo obedecer se quero ajudar esse menino, então me instalo contra a vontade no quarto de hóspedes. Não saio até que meu anfitrião me chama para comer.

Sento-me à mesa. A senhora Miller e sua filha não pronunciam uma palavra. Limitam-se a nos servir um prato de almôndegas caseiras. Permanecem em silêncio. Tampouco me dirijo a elas.

— Senhor Miller, perdão se o ofendi. Vim apenas para tentar ajudar seu filho.

— E eu lhe agradeço, o senhor é muito corajoso. — O granjeiro me oferece um pouco de vinho. Eu assinto com a cabeça.

— Não sou, apenas cumpro meu dever com o Senhor.

— Sim, mas os outros padres fugiram em tão somente verem meu filho. Apenas Phill Callaghan foi tão corajoso quanto o senhor.

— Mas ele também acabou fugindo.

Raymond Miller começa a destripar devagar, uma a uma, as almôndegas. Segundos depois, volta a levantar o olhar para mim.

— O senhor não entende, padre.

— De fato — eu o interrompo —, por que me parou esta tarde? Por que não me deixou continuar?

— O senhor não tem filhos.

— É difícil, senhor Miller, mas ali em cima não está seu filho. Não está ali, é apenas seu corpo. Deixe-me ajudá-lo a voltar.

— Não consegue entender, padre. Já disse.

— Eu não consigo entender? — explodo. Quero ajudar a esse pobre menino e o principal obstáculo parece ser seu pai.

Todos se calam. A senhora Miller pega sua filha pela mão, e se vão em silêncio.

— Olhe, padre – Raymond Miller se mostra sereno enquanto mastiga uma das almôndegas com lentidão —, antes de tudo isso acontecer, minha família e eu vivíamos na granja. Nunca tivemos grandes luxos, mas tínhamos o que comer. Um par de colheitas ruins, uma seca que durou demais e nos arruinamos. Não tínhamos dinheiro nem sequer para alimentar a nossos filhos. Sabe o que é isso? Não, não pode saber. Seu destino era morrer de fome. Era horrível. Estávamos afundados. Iam nos tirar a granja e não tínhamos mais onde cair mortos.

— Não entendo aonde quer chegar. Por que me conta tudo isso? O que isso tem a ver com a possessão de seu filho?

Raymond Miller parece pesar com cuidado as palavras que irá usar. Deixa que o silêncio se alongue. Uns segundos depois, decide falar de novo.

— O senhor sabe quanto nos pagaram no outro dia pela reportagem que o senhor viu na televisão? — Não... Não entendo o que quer dizer. Sua voz calma me estremece. Não pode ser. — Me pagaram muito mais do que eu ganhava com a granja em um mês de vacas gordas. Não tenho escolha, padre, não me olhe assim. Entenda. Viu minha filha? Hoje não teria jantado se não fosse pela reportagem do outro dia. Na semana que vem, virá outro jornalista. Também pagarão. Já disse para não me olhar assim, por favor. O senhor não pode entender.

— Então... — mal consigo articular as palavras —, então tudo isso é uma fraude?

— E o que isso importa, padre? Se meu filho está doente ou possuído, não importa. E se apenas estivesse fingindo? Pensa que a verdade interessa aos jornalistas? Eles têm sua história e eu tenho um prato de comida para minha família. Não é tão ruim isso que estamos fazendo, percebe...

— O senhor enlouqueceu.

— Já pedi que não me insulte, padre.

— Deixe-me ajudá-lo. Por favor. Será o melhor para todos. — Minhas palavras se amontoam desesperadas. — Não direi nada a ninguém do que me contou. De verdade. Mas deixe-me curar seu filho. Eu lhes darei doações da igreja, tudo o que necessitem. Por favor, dê-me sua permissão para ajudar a Isaiah. Seu filho merece uma oportunidade. Amanhã mesmo posso curá-lo.

— Padre, amanhã o senhor não fará nada.

— Mas por quê? Deixe-me fazer!

— O senhor é muito teimoso, igual ao seu companheiro, o padre Callaghan.

— Deixe-me tentar de manhã, eu suplico!

— Amanhã o senhor não vai fazer nada, já disse.

— Do que está falando? — O tom de sua voz me alarma. Começo a me sentir enjoado. — O que está acontecendo comigo?

— Relaxe, padre. Não está acontecendo nada. Apenas relaxe.

— O que o senhor disse ao padre Callaghan?

— Espero que entenda, não posso deixar que o senhor conte a verdade.

Eu me levanto, mas perco o equilíbrio e caio no chão. Tento dizer algo, mas não sou capaz. Tudo começa a escurecer. O ar estanca. Não posso me mover. Raymond Miller se levanta devagar e se aproxima de mim. Que está fazendo? Me olha com ar de seriedade e faz o sinal da cruz. Quero falar, mas os músculos não respondem. As pálpebras pesam, meus olhos fecham.

— Perdoe-me senhor — sussurra.

—Papai! — a voz longínqua de Isaiah retumba do andar superior. — Papai, tenho fome!

— Calma, filho — responde Raymond Miller. Sua voz ressoa em minha cabeça como um eco longe. Não sei se deixei de respirar. Faço um último esforço e abro os olhos. Vejo o granjeiro servir um prato com almôndegas. — Não se preocupe, Isaiah, minha vida — diz —, já subo com teu jantar.

Não esqueça de mim

Apesar da camisa estar perfeita, ele não parava de ajeitá-la uma e outra vez. Sabia que aquela quinta-feira seria um dos dias mais importantes de sua vida. Para ela também seria um dia inesquecível, mas ainda nem podia suspeitar.

O shopping estava cheio. Era a terceira vez em sua carreira que a artista visitava a cidade e não era muito habitual perder seu tempo dando autógrafos. Mas naquela tarde a produtora a obrigara a permanecer duas horas e meia sentada atrás de uma mesa onde, um a um, iam desfilando seus fãs. Ela quase não os olhava.

Ele colocou sua camisa branca e impregnou meio corpo com seu perfume favorito. Pequenas manchas de suor nas axilas. Contava as pessoas que faltavam para chegar sua vez, já fazia várias horas desde que chegara à fila. No começo eram cento e cinquenta e três, agora só restavam cinco.

A faixa comercial do álbum se ouvia em todo o mundo, as vendas superaram qualquer previsão. Mesmo assim, a produtora considerou necessário a realização daquele evento.

Uma mulher desceu da plataforma com seu CD autografado enquanto ele a seguia com o olhar. Apenas quatro. Segurava um buquê de rosas negras, as preferidas da cantora. Não parava a outra mão. Como se fosse um ritual, ajeitava o cabelo, a camisa e a guardava em um dos bolsos da calça. Poucos minutos depois, repetia a sequência.

Ela levantou o olhar devagar para o final da fila que lhe parecia interminável. Não sabia, é claro, mas o evento acabaria muito mais rápido do que supunha. Restavam apenas três pessoas na verdade.

Ele se remexia inquieto. Fazia muito calor ali dentro. Dava no mesmo. Era ela. Não podia acreditar. Voltou a ajeitar a camisa e meteu a mão no bolso. Ao tocar o metal, sentiu um calafrio.

O baile nervoso de seus pés ia acelerando conforme se aproximava da plataforma. Havia apenas duas pessoas na sua frente. Um senhor quarentão que parecia envergonhado por estar ali e uma adolescente que não conseguia esconder o sorriso. Ele não sorria, estava tenso demais. O senhor acabou rápido e chegou a vez da adolescente.

O buquê caiu de suas mãos. Ele se agachou para pegá-lo e reuniu as flores aos trancos e barrancos. Segurou-as com dificuldade com sua mão direita, enquanto metia a outra de novo no bolso. Ele a tirou para ajeitar o cabelo e a meteu no bolso de novo. Tinha a constante necessidade de comprovar que o revólver estava ali.

Nunca gravo o rosto de meus fãs, ela havia declarado nessa mesma manhã, não lembro de nenhum, esqueço.

Finalmente a adolescente desceu correndo feliz. Sua vez. Secou o suor do rosto, respirou fundo e subiu a plataforma.

Deixou cair o buquê de rosas negras sobre a mesa. Ela as olhou indiferente. Ele não trazia CDs para autografar. Não disse nada. Tirou a mão que ainda mantinha escondida no bolso e apontou o revólver diretamente para seu rosto. Ela ficou paralisada. E assim permaneceram durante alguns segundos, observando-se em silêncio. Ele não disparou. Nunca teve intenção de fazê-lo.

Não me esqueça, por favor, foi a única coisa que disse, segundos antes de os guarda-costas o retirarem.

Esperança

Sempre aconteceu. Isso que acontece comigo deve ser de nascença, não sei. Ainda que, claro, não tenha se manifestado até que já estivesse bem grandinho, com dezenove anos, para ser exato.

Não farei rodeios. Assassino toda mulher com quem durmo.

Não é algo que me deixe orgulhoso, com certeza. Ao contrário, eu me envergonho disso.

Toda vez que acontece, penso que vai ser a última, desejo com todas as minhas forças que não ocorra outra vez. Mas a cena sempre termina igual. Como em um desenho. São muitas as mulheres com quem compartilho os lençóis. E em todos e cada um dos casos, minhas mãos terminam em volta de seu pescoço, apertando com vontade até as asfixiar depois de nos afundar no orgasmo.

Após cada assassinato, me sinto um merda. Um desgraçado. Isso é o que sou. Aterroriza me dormir com uma mulher. Mas não posso evitar. Que filho da puta. Uma e outra vez.

Algumas são simples ficadas de uma noite, outras são mulheres que amei por semanas, talvez meses. Sabem quão difícil é vê-las agonizando em minhas mãos? Engano a mim mesmo. Penso que não vai ser assim todas as vezes, que a maldiçao terminou. Mas tudo acontece de novo.

Estou saindo com Sara já faz quase um ano. Nós nos conhecemos em uma roda de amigos na universidade. Deus, é tão bonita. Acredito que a amo.

Ela prefere ir devagar, e eu sempre respeitei seus desejos. Nossos encontros até agora se limitaram a beijos e um ou outro amasso no parque do Rondo. Mas este fim de semana seus pais estarão fora e me convidou para ir até sua casa pela noite. Ela já vem insinuando que chegou o momento. E eu queimo com os desejos de a possuir.

Desta vez será diferente.

A maldição

Tudo começou em uma granja do longínquo oeste onde vivia uma família humilde e trabalhadora. Não tinham luxos, mas com o que ganhavam dos produtos da horta e da venda de leite tinham o suficiente para comer.

O avô costumava dizer que havia chegado aos cem anos de idade. Todos levavam na brincadeira. Seu filho era Tom, o granjeiro, uma pessoa humilde, respeitada na comunidade. Sua esposa se chamava Jessica e como fruto do matrimônio tiveram dois filhos e uma filha: Terry, Isaac e Sarah.

Apesar das carências econômicas e do trabalho duro na granja, eram uma família feliz. Era difícil cruzar com algum de seus membros e que seu rosto não mostrasse um sorriso. Até quando cruzavam com seu vizinho, o senhor Collins, saudavam-no sorridentes ainda que sempre ouvissem um breve grunhido como resposta.

O senhor Collins era um cara mal-humorado, igual a sua esposa. Na verdade, quase ninguém do lugar gostava dele, mas era bem visto por sua boa situação econômica e porque tinha negócios com grande parte dos comerciantes da região. Sua filha Natalie era uma moça muito presunçosa, que só se importava em ficar bonita para que as pessoas a admirassem.

Quis o destino que uma manhã antes de outubro a enxada de Terry — enquanto cavava na horta para plantar umas batatas — batesse contra algo esquisito que a fez parar.

O menino pensou que se tratava de um pedregulho e tentou retirá-lo da terra revirada. Mas, surpreso, descobriu que não era uma simples pedra. Era de cor dourada e brilhava de um jeito especial. Chamou seu pai, que acudiu rapidamente alarmado pelo nervosismo de seu primogênito. Não podia acreditar no que seus olhos viam. Era ouro, sem dúvida, era ouro.

Em apenas um segundo toda a família rodeou aquela linda pedra. Estamos ricos! — gritavam exaltados. Apenas o avô se manteve à margem, com o semblante sério.

A notícia se espalhou como pólvora entre os habitantes do povoado e todos felicitaram a família pela importante descoberta.

Dois dias depois, os irmãos encontraram outra pepita de ouro enquanto cavavam na horta. A alegria contagiou os membros da família. Exceto um.

— Éramos felizes com a horta e a vaca — disse o avô entredentes, sem que ninguém o escutasse.

Os vizinhos não deram crédito e já ninguém duvidava de que cedo ou tarde apareceria uma terceira pedra de ouro. Naquela noite, Tom dormiu placidamente e feliz. Parecia que sua família poderia sair da pobreza. Finalmente vislumbrava um futuro melhor para seus filhos. O que não podia esperar era a surpresa que o esperava pela manhã.

Acordou como todos os dias, assim que o sol se anunciou no horizonte. Saiu de casa e ficou paralisado. Três homens cavavam em diferentes lugares da horta enquanto outros cinco levantavam uma cerca de madeira ao redor de seu próprio terreno.

Quando reagiu, reconheceu a cara de um deles. Era George, o homem de confiança de seu vizinho, o senhor Collins.

— O que estão fazendo no meu terreno? — perguntou. — Como se atrevem a entrar assim?

— Este lugar não te pertence — afirmou George sem nem o olhar. — Ou, por acaso não sabia que os antepassados do senhor Collins viveram nestas terras anos antes de tua família as usurpar?

— Não sei do que está falando — respondeu Tom —, meu avô viveu nesta granja, meu bisavô já vivia neste lugar muito antes de nosso nascimento.

— Falo de um tempo longínquo que a tua infinita ignorância não é capaz de compreender.

— Não me importam as mentiras que inventas, George! — gritou Tom. — Esta é a minha granja, e agora mesmo todos irão sair daqui.

O granjeiro tentou derrubar a cerca de madeira que estavam construindo, mas dois dos homens o tiraram dali a força. Voltou a tentar, mas apenas conseguiu receber vários socos. Seu filho mais velho, que viu tudo de dentro da casa, saiu em sua defesa e ganhou um soco no estômago.

— A melhor coisa a fazer é deixá-lo — disse George impassível. — Por ordem do senhor Collins, ninguém que não tenha autorização poderá entrar em sua granja. Por enquanto permitiremos que sigam vivendo nesta casa, mas terão que entrar e sair pela porta de trás já que a principal dá diretamente a horta e vocês não tem permissão para pisá-la.

— Estão loucos! — gritou Tom. — Perderam o juízo. Esta é a minha casa e minha horta e ninguém vai me dizer o que tenho ou que não tenho que fazer!

Quatro homens os rodearam, sem dizer uma palavra, ameaçando voltar a dar em Tom e seu filho outra quantidade de socos. Ambos retrocederam e entraram em casa. Contaram o acontecido ao restante da família que ainda estava acordando e observavam desconcertados o que acontecia.

— Maldito ouro — murmurou o avô para si mesmo.

Tom saiu pela porta de trás na direção da delegacia. Aquilo era algo intolerável.

O delegado recebeu com palavras amáveis, escutou-o com calma e não pareceu surpreender-se quando Tom contou o acontecido. Explicou-lhe que aquilo do que acusava seu vizinho, o senhor Collins, era grave e que deveria ir fazer uma denúncia ao Prefeito.

— Sinto muito, Tom — desculpou-se o delegado. — Eu sem a autorização do prefeito não posso intervir.

O granjeiro saiu muito irritado e foi ver o prefeito que o ouviu com muita calma e lhe disse que o assunto era realmente grave, mas que não poderia fazer nada sem consultar seus conselheiros.

— Mas por que tem que consultá-los? — Tom estava fora de si. — Entraram à força, eles nos surraram e roubaram minhas terras. Por que demônios tem que consultá-los?

— Não fique nervoso, Tom — o prefeito o acalmou. — Quando pudermos dar uma solução para o caso, daremos. Amanhã irei me reunir com o conselho e estudaremos a situação.

Tom saiu apressado do gabinete do prefeito. Era inacreditável que não fizessem nada para ajudá-lo. Não tinha outra solução além de voltar para casa e se fechar nela com sua família enquanto, em sua horta, a cerca estava cada vez mais alta e os buracos na terra mais fundos. Ao entardecer, eram mais de dez criados do senhor Collins cavando sem parar na terra que pertencera a Tom e sua família até aquela mesma manhã.

Ao anoitecer, pararam de cavar e foram embora, mas em seu lugar chegaram outros seis, armados com fuzis, que permaneceram toda a noite em pé vigiando para que ninguém chegasse perto daquele lugar.

Na manhã seguinte, Tom foi visitar o prefeito e este lhe disse que dois de seus conselheiros estavam viajando e que não poderiam fazer a reunião prevista. Tinham que esperar três dias até que regressassem.

Três dias.

Um pesadelo. Era incompreensível que o prefeito e o delegado não fizessem nada para ajudá-lo. Tom pensou, então, que deveria procurar ajuda por conta própria.

Reunirei um grupo de amigos e colocaremos Collins e seus asseclas para fora de minha propriedade, pensou.

— Tom, lamento, gostaria de ajudar, mas meu negócio depende em grande parte de minha relação com o senhor Collins e, se vou contra ele, irei à ruína. Minha família morreria de fome, espero que entenda.

Ninguém quis ajudá-lo. Ele compreendia os motivos de seus vizinhos, mas sua indignação crescia à medida que ia se dando conta de que ninguém do povoado estaria disposto a dar uma mão.

— Boas notícias, Tom. O conselho se reuniu e elaboramos um documento com as resoluções tomadas.

— E o que diz?

— Que os atos cometidos por teu vizinho foram desproporcionais e injustos e o aconselhamos a retirar seus homens da propriedade — o prefeito fez uma pausa, como que esperando um gesto de aprovação do granjeiro. Diante do silêncio de Tom, continuou falando. — Está claro que há um conflito pela propriedade dessas terras, portanto pensamos que o melhor é que seus homens se retirem e vocês cheguem a um acordo de partilha. Cinquenta por cento para cada família talvez possa ser uma boa opção.

— Estão loucos! É minha granja! Jamais demostrou interesse até a aparição do ouro! Com ela eu ganho a vida! Não posso renunciar a metade da minha propriedade!

— É uma solução consensual, Tom. Terá que aceitá-la. Entregaremos a resolução ao senhor Collins e lhe daremos um prazo de uma semana para que retire seus homens.

Eles o obrigavam a ceder a metade de suas terras, inacreditável. Além disso teria que suportar aquela humilhação uma semana mais. Um pesadelo. No caminho para casa, todos os vizinhos com os quais cruzou desviaram o olhar.

Ao chegar à granja, Tom encontrou sua mulher chorando. Jessica explicou entre soluços que quatro daqueles homens haviam entrado na casa, mexido em tudo até que encontraram as duas pepitas de ouro que seus filhos encontraram na semana anterior.

— Isso pertence ao senhor Collins — George se limitou a dizer.

Seus filhos tentaram impedir que as levassem, mas foi impossível lutar contra aqueles homens que não se importaram em moê-los a paulada. Ainda que parecesse impossível, a situação podia ficar cada vez pior.

Passaram os dias e chegou ao fim o prazo que lhe deram ao senhor Collins para abandonar as terras. Mas os homens não se moveram.

Na manhã seguinte, Tom foi visitar o prefeito e este lhe disse que não podia fazer nada. Não podiam usar a violência para tirá-los dali. Teriam que chegar a um acordo como pessoas civilizadas que eram. Tentou tranquilizar Tom dizendo que se reuniria novamente com o Conselho.

Passaram duas semanas até que chegassem a uma nova resolução, que igual à primeira afirmava que os homens do senhor

Collins deveriam abandonar a granja. Mas aqueles homens continuavam sem cumprir as ordens.

Tom tentara falar pessoalmente com seu vizinho, mas desde a manhã na qual invadiram sua propriedade, não o havia visto nem uma só vez sozinho. Sempre que saía da sua casa, ele o fazia rodeado de vários de seus homens deixando-o inacessível para qualquer demanda.

As semanas passavam, e ninguém solucionava o conflito. A família do granjeiro começou a ficar debilitada. Quase não tinham o que comer e foram procurar trabalho em outras granjas e oferecer seus serviços nos comércios locais. Mas ganhavam apenas para sobreviver.

Uma manhã, enquanto Tom e um de seus filhos trabalhavam em outra granja a vários quilômetros, cinco homens do senhor Collins entraram na casa e abusaram de Jessica. Seu filho Isaac tentou defendê-la e na briga matou um deles por acidente. Antes que os outros se lançassem sobre ele, pulou de uma janela e se refugiou no bosque.

Naquela noite, a família não pôde pregar olho. Seu filho mais novo andava perdido e eles sabiam bem o que aconteceria se conseguissem encontrá-lo.

No dia seguinte o delegado soltou uma ordem de busca e apreensão contra Isaac, acusando-o de agressão e assassinato. Mas ninguém o encontrou.

No povoado começou a se ouvir acusações ao jovem Isaac de haver cometido delitos nas sombras durante muito tempo. Alguns o acusavam quase de ser um serial killer.

— Já se via que tinha a agressividade nos olhos — comentavam os vizinhos. — Se Tom e sua família tivessem tentado resolver os problemas pacificamente, outro galo haveria cantado, mas com violência não há nada que se possa fazer, essa não é a maneira certa.

Às vezes se ouviam vozes tímidas que diziam que aquilo era uma injustiça e que deveriam devolver suas terras, mas essas reclamações não chegavam a resultado algum.

O senhor Collins, irritado pela morte de um de seus homens, ordenou que se cimentassem todas as janelas da casa e fez com que todos soubessem no povoado que ele não iria negociar com ninguém que mantivesse relações com a família de Tom. Enquanto isso, seus homens continuavam cavando no terreno que antes era a horta da granja e, de vez em quando, a cada dois ou três meses encontravam alguma pequena pepita de ouro que os animava a continuar procurando. Os buracos no terreno já estavam com uma profundidade de dezenas de metros e o aspecto da granja já não tinha nada a ver com o lugar aprazível e tranquilo de antes.

Uma noite de vento gelado, o avô deixou de respirar. Já era muito velho e as duras condições nas quais viviam pioraram sua saúde delicada.

Anos se passaram e tudo continuou igual. Tom e sua família, encarcerados em casa sem poder sair nem entrar com liberdade, enquanto em suas terras dezenas de homens não paravam de cavar durante o dia. O senhor Collins mandava que levassem para casa pedaços de pão e copos de água para que não morressem de fome. Não queria que ninguém pudesse acusá-lo de assassinato.

Tanto tempo transcorreu naquela situação que o senhor Collins morreu de velhice sem que nada tivesse mudado. Todos acreditavam que, por fim, o conflito se solucionaria. Mas sua filha continuou com o legado.

Também morreram, anos depois, Tom e sua mulher. E ninguém pôde dar a eles uma sepultura digna.

A filha do senhor Collins continuava dando ordens para que cavassem sem deixar sair os filhos do granjeiro. Terry e Sarah morreram encarcerados em sua própria casa. De Isaac ninguém nunca mais voltou a ter notícias.

E tanto tempo passou, que também morreu de velhice a filha do senhor Collins.

Por fim, aqueles homens que já eram os netos dos primeiros que haviam começado com a escavação em busca do ouro na granja, deixaram de cavar pois já havia muitos anos que ninguém encontrava nada ali. A granja ficou vazia.

Mais anos se passaram e a casa acabou no chão. Aquilo que um dia havia sido uma granja cheia de vida e alegria terminou transformada em um montão de escombros.

E os invernos continuaram indo e vindo, e naquela região a história de Jessica, Tom e sua família virou uma lenda transmitida através das gerações. Todo mundo, ao ouvi-la, colocava as mãos na cabeça por não poder acreditar que algo tão desumano pudesse ter acontecido no seu próprio povoado e que as pessoas não tivessem feito nada para impedir aquilo. Mostravam-se indignados, envergonhados de seus antepassados por não terem ajudado aquela família em tão trágica situação.

Mas quis o destino que uma manhã do mês de outubro a enxada de um vizinho — enquanto cavava para plantar umas batatas — batesse com algo estranho que o fez parar. Era ouro, sem dúvida era ouro.

— Éramos felizes com a horta e a vaca — disse o avô.

Coisas de crianças

— Sinto muito, Carla — disse o menino das sardas e do gorro listrado. — Não podemos ser amigos.

— Por quê, Pablo? — pergunta a menina das tranças e da saia xadrez.

— Não sei — ele responde —, coisas dos mais velhos. O mundo está assim. Dividido.

— Dividido?

— Sim, olha. Estão vocês e estamos nós. Um dia ouvi meu pai falar de tudo isso. Mas quando dizia eles e nós, eu pensava que você era de nós.

— Não entendo, Pablo — a menina das tranças e da saia xadrez faz círculos na areia com um de seus pés.

— O pai de Carla, essa que anda com Pablo — o menino das sardas e do gorro listrado imita a voz grave de seu pai. — Esse é o pior de todos.

—Por quê?

— Não sei. — O menino das sardas e do gorro listrado olha para o chão. Não se atreve a olhar nos olhos de sua amiga. — Ele disse isso ontem para minha mãe. Não sei por que, mas você é dos outros, Carla. Está claríssimo.

— De que outros, Pablo? — ela, sim, o olha nos olhos.

— Antes éramos amigos porque eu não sabia, mas já não podemos ser. Você entende, não entende? Não estou aborrecido contigo. Você joga bola muito bem e tudo isso. Tenho que ir, Carla.

— Mas para onde você vai, Pablo? Vem aqui. Não vá.

— Você é muito pequena Carla. — O menino das sardas e do gorro listrado fala agora com mais segurança. Volta a olhar nos olhos de sua amiga. — Não pode entender. São coisas dos adultos.

— Você já não quer mais ser meu amigo? — pergunta ela. Faz um tempo que deixou de fazer círculos na areia com o pé.

— Não é isso, Carla. Não podemos.

— Se você quer ser meu amigo — a menina das tranças e saia xadrez quase grita —, por que se cala? Fala, me responde. Já não quer ser meu amigo?

— Não. — ele responde. O olhar de novo no chão.

— Ah... — Ambos permanecem vários segundos em silêncio. — Adeus, Pablo.

— Espera!

— O que você quer, Pablo?

— Me dá um abraço?

— Claro.

— Vou sentir muito a tua falta, chorona.

— Eu também vou sentir tua falta, bobo.

— Adeus, Carla — disse ele.

— Adeus, Pablo — disse ela.

O circo

Não demorei em me dar conta de que aquele circo era diferente: o mestre de cerimônias era um dobermann, assim como todos os lanterninhas, os palhaços não faziam rir e sim chorar — apesar de te manter entretido, que é disso que se trata afinal —, e os equilibristas caminhavam sobre nossas cabeças em vez de sobre arames nas alturas. Durante o intervalo, distribuíam sanduíches para o público. Era época de vacas magras.

Desde sua chegada, se viam menos pardais na praça. Talvez ninguém tenha se dado conta, mas adorava observá-los correr em círculos e levantar voo entre as árvores.

Estive na inauguração do circo, mas nunca mais voltei. No bairro, muitos iam todas as tardes, apesar da dor no pescoço por causa dos equilibristas, apesar das mordidas que às vezes lhes escapavam dos lanterninhas, e apesar de ninguém saber de onde vinha aquela carne dos sanduíches. Suponho que não se surpreenderam quando na última apresentação a tenda se dobrou sobre todos eles.

Incompreensão

Contam que há muitos anos existia um planeta único no universo. Mais da metade de sua superfície estava coberta de água, e nele coabitavam seres de todo tipo, existiam paisagens de grande diversidade.

Mas naquele planeta, havia um ser cujo cérebro — mais desenvolvido que o dos outros — o havia feito evoluir mais depressa, até o ponto de se achar dono e senhor do resto dos seres que ali viviam. Ele se fazia chamar de Ser Humano e acreditava estar acima de todos os animais, apesar dele mesmo ser um animal.

Esses seres humanos dividiram o planeta em continentes e cada continente em países, os quais eram governados por reis.

Entre todos os países havia um que era maior que os demais e cujo rei se orgulhava de ser o homem mais poderoso em todo o planeta.

Certo dia, durante um desfile de rotina, este rei encontrou um estranho objeto no chão. Jamais havia visto nada igual, portanto mandou chamar um de seus súditos para que lhe dissesse o que era aquilo. O criado também nunca tinha visto tal coisa, nem nenhuma das pessoas as que o rei pediu ajuda. Apenas alguns de seus conselheiros se atreveram a afirmar que, por sua aparência, deveria ser uma fruta, apesar de não saberem de qual se tratava.

Como nenhuma pessoa sabia o nome daquela fruta, o rei começou a pensar que talvez não se tratasse de uma fruta, e sim um espião, um ser que havia adotado aquela forma para chegar até ele e descobrir o segredo de seu poder, ou até com a intenção de matá-lo. Não poderia permitir isso, então, ele a guardou em seus aposentos e ordenou a todos seus súditos que se esquecessem daquele episódio e tentassem apagar de sua memória aquela fruta dos infernos.

Os súditos não esqueceram, claro, mas nenhum deles voltaria a mencionar o fato se não fosse pelos acontecimentos seguintes.

Todas as noites o rei, na intimidade de seu quarto, interrogava a fruta.

— Fala! — gritava. — Sei que algum inimigo meu a enviou. Quem é você?

Em momento algum a fruta respondeu, não porque se negava a fazê-lo, mas porque de fato era uma fruta e à sua espécie não fora outorgada a faculdade da fala.

A rainha tentou convencê-lo de que não havia nada a temer, mas não estava disposto a ouvir.

O rei se enfureceu tanto diante da resposta muda daquele ser, que uma noite o amassou com sua própria mão e mandou queimar os restos. Desta forma, ele pensava ter solucionado o problema.

Meses depois, um emissário lhe trouxe uma fruta exótica de uma viagem, que era a mesma que ele havia confundido com um espião. O emissário explicou que se tratava de uma fruta que crescia em um país longínquo e a apresentou com o estranho nome de kiwi. Mas o rei, cheio de raiva, não foi capaz de admitir que havia se enganado, mandou queimar todos os kiwis que o homem trouxera e ordenou que ele fosse encarcerado em um calabouço para o resto de sua vida.

O rei pensou então que, longe dali, em algum país distante, aqueles pequenos seres que se faziam passar por frutas estavam se preparando para tirá-lo do poder. Antes que isso acontecesse, faria tudo o que pudesse para destruí-los. Então mandou chamar os reis dos outros países e ordenou que destruíssem todos os kiwis que pudessem encontrar em seus territórios.

Muitos destes reis, tementes do grande rei, obedeceram sem reclamar, outros se queixaram, mas acabaram fazendo o que ele ordenara. Alguns poucos se negaram a obedecê-lo, mas não fez diferença, já que eram uma pequena minoria e não puderam evitar que o rei e seus aliados destruíssem, em poucos meses, todos os kiwis do planeta.

Depois da grande cruzada contra aqueles seres diabólicos que pretendiam dominar o mundo e que, por outro lado, não ofereceram resistência alguma durante seu extermínio, o grande rei e seus aliados celebraram grandiosamente a vitória. Fizeram um grande banquete onde não faltou vinho nem os manjares suculentos, entre eles o mamão papaia, uma fruta que sempre foi muito apreciada pelo rei.

Mas meses depois da grande cruzada contra aqueles seres que alguns continuavam chamando de kiwis, o rei pediu mamão papaia para um de seus banquetes e qual foi sua surpresa quando ninguém conseguiu encontrar nem só pedaço dessa fruta.

Mandou buscá-la até no último rincão de seu território, pediu aos outros reis que a procurassem em seus países, mas ninguém foi capaz de encontrar mamão papaia. Ele não podia acreditar.

Foi quando um dos homens mais velhos e sábios de todo o planeta o visitou e lhe disse que o kiwi e o mamão papaia sempre foram muito unidos, e que este último morrera de tristeza quando o primeiro desapareceu da face da terra. O rei, claro, se indignou ao ouvir estas palavras e mandou prender o ancião.

Mas depois do mamão papaia, desapareceu o melão. E depois do melão, a melancia. Apenas umas semanas depois do desaparecimento da melancia, desapareceram os morangos, e depois as peras, e mais tarde as maçãs. E ao fim de três anos, já não existia uma só fruta em toda a terra.

O rei ofereceu uma grande recompensa a quem encontrasse algum pedaço de qualquer fruta, mas ninguém encontrou.

Naquele planeta, havia algumas espécies de animais que se alimentavam de fruta e, ao não existir mais, foram desaparecendo pouco a pouco. Outros animais que ali habitavam e se alimentavam daqueles primeiros também acabaram desaparecendo. Muitas plantas viviam graças à existência de animais e frutas, e como é óbvio, também se extinguiram.

O grande rei não podia acreditar no que estava acontecendo.

Em pouco tempo, o ser humano se transformou na única espécie do planeta, mas começou a morrer de fome pois não tinha animais nem plantas para comer. Chegou um dia, que a fome que assolava o planeta foi tão desesperadora, que os seres humanos passaram a comer uns aos outros.

Quase todas as pessoas reconheciam o rei como o grande culpado de tudo o que estava acontecendo. Uma manhã, uma multidão enlouquecida entrou à força no castelo. E assim foi como o grande rei se converteu em um dos primeiros humanos a terminar seus dias devorado por seus semelhantes.

Mas depois do rei, foi a rainha, e depois a princesa, e depois cada um de seus criados.

E pouco a pouco, semana a semana, mês a mês, os seres humanos se foram comendo uns aos outros até que não restou nenhum deles sobre a terra.

O mar ficou então sozinho, abandonado, e tal foi sua tristeza que terminou por secar.

E aquele planeta que um dia foi verde, azul e de muitas outras cores, acabou ficando com uma cor cada vez mais cinza e apagado, aquele planeta que um dia esteve repleto de vida acabou transformado em uma grande pedra perambulando pelo universo, e tudo por culpa da incompreensão daquele que se fazia conhecer por Ser Humano e que em suas ânsias de querer dominar tudo, terminou destruindo tudo, inclusive ele mesmo.

Um jardim nos Pirineus

No começo, não reagiu, ficou mudo uns segundos sem gesticular. Ainda não eram nove da manhã e Roberto estava sonolento demais para processar uma notícia assim.

Três horas antes, tocara o despertador como toda manhã e nada dava a entender o que aconteceria depois. Levantou-se com cuidado para não acordar Marta, fez a barba, tomou banho, tomou café, arrumou a gravata diante do espelho da entrada que compraram em uma viagem a Plasencia e saiu em direção a empresa a que se dedicara dezessete de seus trinta e cinco anos de vida.

No carro, sempre ouvia o rádio. Os locutores celebravam o décimo-sexto aniversário do programa âncora da emissora. Quatro mil e poucos programas dos quais Roberto não se lembrava de ter perdido nenhum. Escutou todos ali, encaixado entre caminhões e carros de passeio. Engarrafado na estrada. Quase duas horas era o preço que tinha que pagar para poder chegar de carro ao trabalho. Ainda assim, era melhor que o ambiente nauseabundo do metrô.

Naquela manhã, enquanto escutava o rádio no carro pensava em Marta. Fazia muito tempo que não discutiam e não tinha muita certeza se isso era bom ou ruim. Houve uma época na qual não paravam de brigar. Sempre aos gritos e se chamando de tudo, enredavam-se em brigas por qualquer coisa. Ficaram famosos entre os vizinhos, seus gritos atravessavam as paredes sem esforço. Havia brigas nas que discutiam diariamente durante meses. Foi uma época desgastante, apesar de que as discussões também tinham seu lado bom. Muito bom. A reconciliação ia acompanhada de beijos, abraços e algum ou outro gemido que com toda certeza também escutavam os vizinhos.

Mas já não havia discussões, fazia muito que haviam desaparecido. Qualquer um poderia interpretar aquilo como amadurecimento do casal, como um passo a mais na evolução da convivência. Todo mundo acharia isso algo positivo, sem dúvida, exceto porque, junto com as brigas haviam desaparecido os beijos, os abraços e, claro, também os gemidos.

Não tinham tempo nem para uma coisa e nem para outra. Só se viam um par de horas ao terminar o dia e a televisão tomava conta desse momento sem compaixão alguma. Os dois chegavam cansados. As palavras compartilhadas cada vez eram mais raras.

Roberto entrou com o pensamento submerso em outra vida, dez anos atrás, saudoso — quem diria — daquelas discussões que tanto o alteravam.

O elevador estava enguiçado, portanto, teve que subir a pé os oito andares que o levavam ao escritório. Seus pensamentos continuavam perdidos entre lembranças. O sorriso de Marta sempre foi lindo. Aparecia, como se sem querer, em uma mistura de timidez e malícia. Estremeceu ao se dar conta que aquilo não fazia mais parte de seu presente, mas apenas de suas lembranças. Fazia muito tempo que ele não a via sorrir. Com certeza continuava sorrindo com seus companheiros do trabalho, com suas amigas, mas não mais com ele. Por um momento parou em seco e compreendeu que ele tampouco ria diante dela. Com seus companheiros, no entanto, não parava de brincar e contar piadas. Os sorrisos não haviam desaparecido de suas vidas, claro, apenas os mostravam no breve espaço de tempo que compartilhavam.

Roberto chegou ao oitavo andar pensando no jardim que nunca tiveram. Quando se conheceram, quando eram apenas adolescentes, sonhavam em viver nos Pirineus e fazer um jardim junto a uma cabana. Gastavam horas e horas falando do jardim e de sua vida junto as montanhas.

Mas, pouco a pouco, deixaram de falar daquilo até que, empurrados pelo ritmo da rotina, foram se afastando cada vez mais daquele jardim. Chegou o dia em que falar daquilo se transformou em tabu. Ou talvez tenham se esquecido. O fato é que nenhum dos dois voltou a mencionar o assunto.

Roberto estava a pouco menos de meia-hora sentado em sua mesa quando a secretária do chefe mandou chamá-lo. Em muitas manhãs o chefe o chamava para lhe dar instruções. Ele se sentava, escutava com atenção sem dizer uma palavra e depois saía para continuar seu trabalho. Naquela manhã, ele se predispunha a fazer como sempre, mas não foi necessário. Seu chefe foi direto ao ponto. Era um cara pouco amigo de sentimentalismos e, ainda que tivessem compartilhado muitos anos na empresa, nem sequer teve a dignidade de olhá-lo. Fernandez, não precisa voltar amanhã. Simples e direto, não precisava mais nada.

No começo, não reagiu, ficou mudo uns segundos sem sequer gesticular. Ainda não eram nove horas e Roberto estava muito sonolento para processar uma notícia dessas.

Não disse nada, permaneceu olhando para frente sem pestanejar. Qualquer um teria dito que se tratava de um manequim e não um ser humano com coração e sangue nas veias.

O escritório escureceu ao seu redor. Seu chefe já não era uma pessoa, apenas uma espécie de totem supremo que nem sequer o olhava. Rastejou até sua mesa e recolheu seus pertences. Nenhum companheiro levantou o olhar do computador. Ninguém queria ser o próximo.

Ainda não eram dez horas quando Roberto desceu a pé os oitos andares que um momento antes havia subido pensando no sorriso de Marta. Agora não pensava em nada concreto. Atordoado, deixava-se levar como um autômato, segurando uma caixa de papel com quatro coisas.

Entrou no carro e dirigiu várias horas sem rumo, dando voltas em uma cidade muito conhecida. Acabou estacionando perto do parque do Planetário e foi passear. Depois de vários minutos perambulando sem rumo, sentou-se na grama perto de uma cerca-viva.

O que ele iria fazer com sua vida agora? Como iria dizer a Marta? Passaram várias horas nas quais não mexeu sequer um dedo. Com o olhar fixo no chão, não parava de pensar atormentado no que iria acontecer com ele.

Começou a escurecer e ele seguia ali, paralisado. Fazia mais de uma hora que deveria estar em casa. Marta começaria a se preocupar. Decidiu se levantar e arrastar seus pés até o carro.

Ao se sentar no carro deu uma olhada na caixa com as coisas que havia trazido da empresa. A borda de um porta-retratos sobressaía entre pastas e cadernos. Ele o pegou e o observou cuidadosamente. Era uma foto de Marta quando ainda eram namorados. Teve essa foto ao lado do computador durante anos e, no entanto, fazia muito tempo que não parava para olhá-la. Estava linda, com aquele sorriso de que tanto sentia falta.

Ao olhar a foto, esqueceu da demissão e da angústia. Se a vida tinha um sentido, fazia tempo que o estava deixando escapar.

Caiu em si. O que acontecera não era uma tragédia. Era uma oportunidade com a qual a vida o estava brindando. Poderiam começar do zero, ir para os Pirineus e construir aquele jardim com o qual haviam sonhado. Apesar de não falarem mais dele há anos, tinha certeza de que Marta não havia esquecido. Ela também detestava seu trabalho, não seria um problema deixá-lo. Tinham economias. Podiam se dar ao luxo de abandonar tudo e voltar para as montanhas, lutar por essa vida com a que haviam sonhado quando ainda se permitiam fazê-lo. De repente, a música invadiu tudo. A angústia deu lugar a ilusão, a alegria. Não sabia por que não haviam feito isso antes, por que teve que ser demitido para se dar conta de que aquela não era sua vida.

Mas ainda tinham tempo. Estacionou o carro aos trancos e barrancos e subiu os degraus de três em três, não quis esperar o elevador. Entusiasmado chegou até o descanso de seu apartamento. As chaves caíram no chão. Ele as pegou e com dificuldade conseguiu atinar com a fechadura. Estava empolgado, nervoso. Marta adoraria a ideia. Destruiriam de uma só vez esse muro que haviam criado com os anos. Construiriam, enfim, o sonhado jardim.

Mas ao abrir a porta tudo mudou. Uma bofetada de ar estagnado bateu em sua cara com violência e o deixou congelado.

Fez-se silêncio. O rádio não estava ligado, não se ouviam ruídos nos vizinhos, nada se ouvia, só escuridão. Dizem que o vazio não se pode tocar. No entanto, ali estava. Diante de seus olhos.

As persianas baixadas, tudo em penumbra. Sentiu vontade de correr e as subir de uma só vez. Abrir as janelas, deixar que entrasse ar fresco. Mas congelou e não moveu um dedo.

Do batente da porta, petrificado, respirou o ar viciado que chegava do interior. Tudo era silêncio, a música terminara. Deu-se conta então de que era tarde, de que chegara tarde e já nada poderia ser feito.

Fazia muito tempo que Marta não falava de seus sonhos, muito tempo sem compartilhar ilusões, centrado apenas no trabalho enquanto ela definhava pouco a pouco.

Roberto não precisou entrar para compreender que ela havia fugido. Provavelmente já estaria longe. Pode ser até que tivesse um amante que lhe dava a atenção que ele não havia dado nos últimos anos. Ele a imaginou feliz longe dele.

O silêncio invadia tudo, até o último canto da casa, o mesmo silêncio instalado entre eles, interrompido apenas pelo som da televisão toda noite.

Seu plano era bom, abandonar tudo e fugir para os Pirineus. Por que teve que esperar ser demitido? Como havia sido tão covarde?

Passaram-se vários minutos, e ele permaneceu ali, aterrorizado ao pensar em ter que colocar um pé na casa, sem se atrever a entrar, sem se atrever a ir embora.

Escutou uma música vinda da casa de um vizinho e sentiu inveja, dolorosa e insana. Aguçou o ouvido e descobriu que era a música tema do filme *A vida é bela*. Aquela música sempre lhe enchia de energia, de alegria. Ela o fazia dançar. Mas não era em sua casa que tocava e sim na dos outros.

Ouvir aquela música que vinha de longe da porta foi a confirmação de sua derrota. Em seu lar, silêncio. Já nada voltaria a ser igual.

Talvez um minuto ou talvez vários anos, mas havia chegado tarde.

Deu a volta devagar e foi embora. Nem sequer entrou, não precisava. Sem poder tirar da cabeça *A vida é bela*, pegou um taxi até a estação e ali comprou uma passagem de ida no primeiro ônibus para os Pirineus.

A menina do sorriso perene

Era uma vez uma moça que tinha um medo terrível de ficar triste. Sempre sorria, em todas as horas. Queria ser feliz a cada minuto, cada segundo de sua existência. Até que um dia se deu conta de que isso era impossível. E tal foi a tristeza que isso lhe causou, que nunca mais voltou a sorrir.

A manga do meu pijama

Coautora: Patrícia Cárcamo

Acordei e notei algo estranho. Ainda não sabia o que era. Dani dormia profundamente, e no corredor se ouvia o barulho dos chinelos de mamãe. Era domingo, acho. Não tínhamos aula. A persiana estava baixada, e só entrava um pouco de luz. Ainda estava sonolento. Levantei os braços para me alongar e as mangas do pijama, que ficava bem grande em mim, descobriram meus braços. Eu fiquei enlouquecido com o susto. Me faltava uma mão!

Um de meus braços terminava em um punho com umas marcas vermelhas, como a cicatriz que tinha no joelho. Minha cabeça encheu-se de monstros malvados. O homem do saco, zumbis, Frankenstein. Qualquer um deles, pensei, deve ter entrado em meu quarto pela noite para roubar minha mão.

Baixei os braços e as mangas os cobriram de novo. Tentei acordar Dani com um empurrão, mas ele se virou na cama e me deu as costas.

Me levantei e fui para o corredor. A casa estava gelada. Ouvia-se barulho na cozinha, mamãe estava preparando o café da manhã. Estaria fazendo umas torradas com mel como todos os domingos. Mas quando entrei, vi que estava fazendo um crepe de chocolate preto, que delícia. Eu a olhei e me devolveu o olhar com um sorriso. Fazia frio, e ela vestia uma bata negra, presente do vovô.

— Mamãe — eu lhe disse baixinho —, acho que me falta uma mão.

Ela me olhou com essa cara, como quando eu dizia algo que não devia. Pensei que ia me bater, ainda que não soubesse por quê.

Mas não. Mamãe não me deu bronca. Estava esquisita. Ela me deu um abraço bem forte que até me machucou um pouco.

— Qual livro te mandaram ler para esta semana no colégio? — perguntou depois de me soltar.

Eu sentia muito prazer com as leituras do colégio, então lhe contei entusiasmado em menos de cinco minutos o resumo inteiro de *El Marino Patofino*.

Mamãe terminou de fazer o crepe e o colocou na mesa. Ainda que não tivesse ficado muito bom e o sabor estivesse um pouquinho amargo, eu o devorei em um segundo. Era muito difícil tomar café com uma mão só, mas não me atrevia a mover o outro braço. As mangas compridas do pijama não me deixavam ver o final, e eu não queria enrolá-las de novo.

Quando acabei, mamãe foi tomar banho e eu fui ver a televisão na sala. Era hora de *Capitão Tsubasa*. Jogavam a final do mundial. Eu não podia parar de pensar em como seria possível andar de bicicleta com uma mão só. E se ficasse sem ela para sempre?

Quando Oliver se preparava para cobrar uma falta no último minuto, ouvi barulho no corredor.

Meu irmão se levantara finalmente e, assim que o ouvi comecei a gritar da sala.

— Dani, Dani! O que aconteceu com minha mão? Você sabe?

Ele se meteu na cozinha sem me olhar, atraído pelo cheiro dos crepes.

— Você não sabe de nada, anão.

Eu saltei do sofá e entrei na cozinha atrás dele.

— Não sei o quê? O que está acontecendo? Dani, me fala!

Ele sorriu e me olhou como se eu fosse um tonto. Sempre fazia isso e eu me sentia o menino mais estúpido do mundo.

— Mas que criança você é. — Deu uma mordida no crepe e encheu a boca de chocolate preto. Ficou mastigando por um bom tempo, brincando com a comida. Seus olhos estavam estranhos. Eu não parava de olhá-lo esperando que terminasse. — Me deixe em paz, chato. Só pensa na tua mão? Por acaso não viu como está a mamãe?

Não sei a que se referia Dani, mas me assustei e fui correndo procurá-la. Já deveria ter acabado o banho.

Quando entrei em seu quarto, mamãe estava chorando, de costas, mas quando me ouviu, limpou as lágrimas e se virou sorrindo.

Quase caio de susto. Eu a olhei impressionado, e mamãe me olhou com ternura. Não podia acreditar naquilo. A mamãe lhe faltava um braço inteiro. Como não me dei conta antes? Mas se até me havia abraçado enquanto tomávamos café da manhã! Dani com certeza sabia disso. Eu o odiei por não ter me contado nada. Ela tentou esconder, mas se deu conta de que eu já havia visto. Se aproximou e se ajoelhou ao meu lado. Me deu um beijo na bochecha e começou a enrolar a manga do meu pijama devagar.

— Mamãe, nunca mais vou ter minha mão? — perguntei. Ela acariciou minha bochecha e ficou calada um bom tempo. Pensei que tampouco me responderia.

— Não diga isso, meu anjo — disse por fim. E eu não soube por que não deveria dizer, já que não era, por acaso, verdade?

— Quem sabe volta a crescer, meu amor. Está tudo bem, não se preocupe.

E me abraçou outra vez. Mamãe não era muito carinhosa.

Quando me soltou, desenrolei a manga do pijama de novo. Preferia ficar com o braço tampado. Não queria ver meu punho. Então fui para o quarto sem saber muito bem o que mamãe quis dizer.

Dani estava se vestindo. Não podia ser verdade, a meu irmão também lhe faltava uma mão. Tentava amarrar o cadarço a duras penas. Aproximei-me dele devagar.

— Dani — disse baixinho —, também te falta uma mão.

— Claro, anão. Ou você acha que é tão especial? Você não é o único, sabia?

— Mamãe me disse que talvez nossas mãos voltem a crescer.

— E você acreditou? Claro, não passa de uma criança. Pois saiba que mamãe mentiu, não vai voltar a crescer. — E eu não me senti o menino mais tolo do mundo, e sim do universo, da galáxia, do infinito e além.

Dani terminou de amarrar os cadarços e me olhou com seu sorriso debochado. Eu não pude me aguentar mais e desatei a chorar. Eu me lancei sobre ele enquanto dava patadas no ar.

— Idiota, idiota! Não ria! — gritei aborrecido.

— Vocês querem ficar quietos? — ouvimos a voz de mamãe do corredor. — Não briguem!

— Não quero, não quero, não quero! — Mamãe veio até o quarto. Queria nos dar outro abraço. Mas eu comecei a correr e me tranquei no banheiro — Como vou andar de bicicleta sem mão? Vocês são loucos!

— Meu amor, sai daí, venha. Não fique zangado — a voz doce de mamãe não demorou a aparecer. Sempre se zangava quando fechava a porta com trinco. — Venha, minha vida, não chore.

— Você mentiu para mim, não acredito em você! — estava com raiva. Todos sabiam a coisa da mão menos eu, e não me contaram.

— Deixa assim, mamãe — a voz de meu irmão soava distante —, é muito pequeno. Já vai passar.

Finalmente, calaram-se e me deixaram em paz, mas continuei chorando um bom tempo. Desde quando sabia de minha mão? Ninguém ia me dizer nada?

Quando cansei, abri a janela do banheiro. Estava com vontade de ver a rua e as pessoas. Ao olhar para uma senhora que passeava tranquila com seu cachorro, voltei a enlouquecer. A ela lhe faltava um de seus braços.

Um homem lia o jornal em um banco. Não tinha pernas. Dois meninos brincavam no balanço. Um não tinha orelha, e o outro não tinha nariz. Uma menina corria e não tinha as duas mãos.

Comecei a procurar, como se fosse um jogo, qual parte do corpo faltava a cada pessoa que via. A quase todos lhes faltava algo. O mundo havia ficado louco aquela manhã.

Mas não pareciam preocupadas. Muitas daquelas pessoas sorriam, algumas riam às gargalhadas. Comportavam-se normalmente, como se nada tivesse acontecido.

Vi um menino da minha sala no parque. Jogava bola com seu cachorro e também estava sem uma mão. Nunca havia notado. Lançava a bola uma e outra vez, e o cão a trazia obediente. Era um cachorro muito bonito. Sempre quis ter um.

Olhei de novo a manga e ainda me chateava pensar que jamais recuperaria minha mão, pela primeira vez me dei conta de que a havia perdido, de que não ia voltar a crescer.

Olhei meu reflexo no espelho e, apesar de ter um pouco de medo no começo, fui subindo devagar a manga do pijama até a altura do cotovelo.

Eu tinha que aprender a andar de bicicleta de novo.

Muros, abraços e xícaras de chá

Pai,

Hoje acordei com uma enorme vontade de te escrever, de te dizer em um papel o que não me atrevo a te dizer cara a cara, quebrar o muro que nos separa, esse em que tão poucas vezes consigo subir. Por que o senhor é assim? Por que resiste tanto? Sempre reclamando, sempre se queixando?

E olhe como a vida é, pai, o senhor acabou conseguindo o que queria. Quem diria, não é? Tantos anos repetindo a mesma coisa e no final tudo saiu tal qual o senhor desejava.

Talvez seja uma bobagem, porque o futebol não ocupa um lugar tão importante na minha vida, mas torço pelo Atlético de Madrid e isso marca uma pessoa, o senhor bem sabe. Ser torcedor do Atlético de Madrid, isso devo ao senhor, pai, para o bem ou para o mal, quem sabe.

Sempre gostei de ouvir os mais velhos contar histórias de quando eram pequenos. Sinto prazer ao viajar com suas palavras para outros tempos, quando tudo era diferente. Dizem na África que, quando morre um ancião, uma biblioteca se incendeia. E têm toda a razão. Adoro ouvir histórias do século passado sobre lares sem televisão, sobre trincheiras e calças rasgadas. Mas poucas vezes eu as escutei de seus lábios. Talvez seja culpa minha, pode ser. Adoraria me sentar um dia a seu lado e ser capaz de lhe perguntar, e que o senhor fosse capaz de responder e conversar sobra a vida, sem cair em lamentações ou queixas como sempre acontece.

Que poucos sorrisos nos oferece, velho ranzinza, que poucas palavras de carinho. Mas assim é o senhor, um pedregulho sem lapidar. Demanda abraços que nunca quer aceitar.

É tão difícil, papai? Tão difícil um abraço, um sorriso aberto?

Apesar de tudo, compartilhamos bons momentos. Às vezes, vem do bar onde passa quase todo seu tempo jogando baralho e se senta perto de mim. Pergunta-me como foi no trabalho ou se vi o jogo no dia anterior. Tomamos juntos uma xícara de chá e por uns instantes o muro parece sumir.

Eu o vejo com Anita. Observo sua pele curtida junto da dela quase sem estrear. Quando sua neta está por perto, um sorriso o ilumina, e seu olhar muda como nunca vi mudar por outra coisa. Mas também sempre afloram as lágrimas e o pesar escapa entre as rugas, como se não fosse capaz de ser simplesmente feliz, como se a alegria assim, do nada, não pudesse ter seu lugar.

O senhor não pode imaginar o quanto de abraços está perdendo por culpa desse escudo seu que um dia construiu.

Do que tem medo, papai?

Lembro-me do senhor tantas vezes zangado, ou chorando, ou maldizendo qualquer coisa, desejando que um dia tivesse um ataque, e a morte, enfim, o levasse.

E olha, aqui estou, escrevendo-te um dia depois de que finalmente sofreu um ataque. Diante de um papel, dizendo coisas que não soube te dizer cara a cara, escrevendo no presente como se ainda pudesse me ouvir e me perguntar como foi o Atlético de Madrid, ontem.

O senhor foi depressa, sem nos dar tempo sequer a um abraço de despedida. Como eu queria. Em silêncio. Seu corpo decidiu parar enquanto jogava cartas com seus amigos. Não podia ser de outra maneira. Assim ficou, sentado, diante de uma xícara de chá, com um trio de reis na mão. Parece mentira que tudo tenha acontecido tão rápido.

Lembranças que acreditava esquecidas voltam agora a aflorar. Sentimentos de saudade, de carinho. Também de culpa. Suponho que é normal me sentir culpado. Por não ter me aproximado mais do senhor, por deixar que se perdesse em sua solidão, por não ter quebrado nosso muro. Maldito muro. Quantas vezes perdíamos a paciência.

Hoje olho para trás e a tristeza se mistura com a raiva. Eu teria gostado de te ver sorrindo mais vezes, teria gostado de passar mais momentos alegres com o senhor.

Por que partiu assim, papai?

Não posso julgá-lo. Foi assim e ponto. E se não fosse assim, talvez não fosse o senhor.

No fim, tudo aconteceu como o senhor desejava, pai. Sempre se despedia de nós dizendo que seria a última vez, que não nos veríamos de novo. E assim foi. Cedo ou tarde, acertaria.

Não posso julgá-lo, pai, não é justo.

Só espero que, esteja onde estiver, tenha conseguido se livrar de sua armadura, que por fim o senhor possa descansar tranquilo.

Só espero, pai, que se algum dia voltarmos a nos encontrar, nós nos demos esse abraço que faz tanto tempo deveríamos ter dado.

Minha caverna

Abro os olhos e não vejo nada. Tudo está escuro. Estou deitada, de costas, imóvel, desconcertada. Sinto um peso que oprime meu peito, não me deixa respirar. Dói. Tento tocar algo, mas descubro que não há nada sobre mim. Quase não noto as pernas. Assim como o resto do corpo intumescido. Como se não existisse, como se já estivesse morta. Não sinto as extremidades. Sinto apenas a pressão sobre o peito. A maldita pressão sobre o peito e essa vontade tão familiar de chorar.

Ouço um barulho. Eu me sobressalto. Alguém caminha a poucos metros. Parece arrastar os pés. Eu o ouço cada vez mais forte. A escuridão envolve tudo, estou atordoada. Um cheiro desagradável vai impregnando o ar. Parece suor. Velho, amarelado. Suspendo a respiração, intuo que não devo fazer barulho. Tenho um mau pressentimento. Está próximo, o ar fica espesso. Seja o que for, se me descobre, não poderei fugir, não posso me mover. Mas as passadas parecem se afastar de repente. O cheiro de suor vai ficando mais fraco até que desaparece por completo, e eu volto a respirar. Partiu.

Minhas pupilas se adaptam e começo a vislumbrar algo. A escuridão mais densa desaparece e posso ver algumas sombras. Diria que estou em uma caverna.

Movo os dedos devagar. Faz frio e sinto a umidade ancorada na pele. O sangue flui de novo, primeiro devagar e depois com desespero, vai regando minhas mãos e pés.

Estou descalça. A blusa me protege pouco do frio. Tenho os dedos inchados, e o anel que tenho na mão direita me oprime. Pouco a pouco, vou lembrando. Eu já estive nesta caverna antes.

Tento gritar, talvez alguém possa me ajudar, mas não tenho voz. Queria gritar, pedir auxílio. O silêncio envolve tudo, e não sou capaz de articular uma palavra.

Deslizo as palmas das mãos pelo meu rosto. Estão geladas, mas, apesar disso, a sensação é agradável. Volto a ter consciência de meu corpo. Também regressa a dor. Estende-se de maneira intensa por cada centímetro de minha pele, volta a vontade de chorar. A caverna é imensa e talvez não haja saída. Nunca a vi.

Penso em me esconder. As paredes têm dobras e centenas de recantos. Deveria procurar algum onde alojar meu corpo pequeno. No entanto, não me movo. O monstro que cheira a suor e arrasta os pés me encontrará mais cedo ou mais tarde. Sempre o faz. Para que me esconder?

Observo minhas mãos curtidas, cheias de rachaduras, e de repente me dou conta. Posso vê-las. Se não houvesse luz, não poderia. E não haveria luz se não houvesse saída.

Em algum lugar deste inferno, há uma fresta pelo menos pela qual entram uns raios de sol. Posso ver minhas mãos, meu corpo, como não havia me dado conta antes?

Levanto a duras penas. Olho ao redor tentando decifrar o labirinto de vultos que me rodeia. Formas inertes que o tempo foi formando no interior da caverna. Há saída. A empolgação me embarga e me sinto forte para caminhar, para correr se for preciso. Vou escapar, esta é a hora. Estou tão emocionada que não percebi que no ar flutua de novo um cheiro de suor, velho e amarelado. Impregna-se na roupa e no barro. Não ouvi passos se arrastando. Às vezes, sabe ser muito discreto e já é tarde para fugir, estou paralisada. Ouço sua respiração nas minhas costas, apenas uns milímetros devem nos separar. Noto seu hálito cálido em meu pescoço e uma sensação de prazer se apodera de mim, inesperada, desconcertante. Permanecemos assim, em silêncio, durante alguns minutos. Não sei por que, mas me sinto bem, chego até a me excitar com sua presença. O aroma que se desprende dele e desliza pelo ar estancado agora é agradável.

Tento me virar para ver seu rosto, mas um golpe brutal em minhas costas me impede. A violência é tão grande que meu corpo é lançado para frente. Choco-me contra a parede e caio no chão. Uma sombra se afasta correndo, penso ouvir um choro, mas estou atordoada. Perco a consciência outra vez.

Abro os olhos. Não vejo nada. Tudo está escuro. Estou deitada, de costas, imóvel. Algo oprime meu peito. Não me deixa respirar. Dói. Tento tocar algo, mas descubro que não há nada sobre mim. Apenas barro, estou presa no barro. Quase não noto as pernas. Assim como o resto do corpo intumescido.

Pouco a pouco, vou me lembrando, sinto de novo minha pele, o sangue flui, levanto-me com dificuldade. Não sei quantas vezes já aconteceu. Cada vez é pior. Estou fraca e não sei se poderei aguentar por muito tempo.

Lembro de meus pensamentos antes do último ataque. A luz me guiará para a saída, apenas tenho que encontrá-la.

Ao primeiro passo, tropeço em uma pedra e caio de bruços. Um grito de dor se asfixia em mim. Eu me afogo. Volto a me levantar, devagar. Estou cansada.

Procuro pela luz que entra pelas entranhas da caverna. Como um cachorro guiado por seu olfato, atravesso pequenos corredores, grandes salões. A escuridão se faz menos intensa. Estou me aproximando da saída.

Assusto-me com um grito que retumba entre as paredes. Um gritinho agudo, aterrorizante. Nunca havia escutado nada igual. Se repete como um eco interminável. É o monstro que cheira a suor e arrasta os pés. Não há mais ninguém aqui. Tem que ser ele. Jamais havia escutado seus gritos, desesperado, como se soubesse minhas intenções, como se tivesse descoberto que eu estava a ponto de encontrar algo. A saída.

Ouço batidas violentas contra as rochas. Parecem socos desesperados. Mais gritos. Não deve estar muito longe. Tenho de encontrá-la antes de ele me encontrar. Movo-me o mais rápido que meus músculos castigados me permitem e caio no chão várias vezes. A dor cresce, mas não me importa. Enfim, eu a vejo. Existe, é verdade. Quase no teto, uma fresta de luz me cega completamente. Começo a subir. As rochas se cravam em meus joelhos e o barro me faz resvalar. Eu a tenho ao alcance das mãos.

Estou tão obcecada com a fresta que não percebi que no ar flutua um cheiro de suor. Velho e amarelado. Viro-me angustiada e não vejo ninguém. Deve ter ficado muito zangado ao saber que tentava escapar. Meus dedos tocam a fresta. Tento olhar, mas a luz me cega de novo. Não posso olhá-la diretamente. Ao redor, tudo é barro, argila endurecida que posso arranhar com minhas próprias mãos. Começo a rasgar. A parede vai se desfazendo e o buraco vai alargando. Estou perto de conseguir. Minhas unhas estão sangrando. O vermelho se mistura com o barro. Dá no mesmo. Já quase dá. O cheiro de suor é mais intenso. Viro-me, mas não o vejo. Está perto. Arranho desesperada o barro. Acredito que já dá. Meto a cabeça no buraco e vejo o céu. Fecho os olhos, me dói, tanta luz. Baixo de novo a cabeça e olho para dentro da caverna. Minhas pupilas voltam a se fechar e já não sou capaz de distinguir nada no interior. Escuridão. Talvez já esteja aqui. Talvez sua cara esteja apenas a uns centímetros da minha. Tenho que sair o quanto antes, o buraco já é grande.

Mas não o faço. Não me movo. Não sei o que há lá fora. O céu é bonito, mas não sei para onde ir. Não tenho casa, não tenho vida. Não me lembro do exterior, talvez nunca tenha saído da caverna. Este sempre foi meu lar, entre o barro e as sombras, junto ao monstro que cheira a suor e arrasta os pés. Talvez lá fora seja pior.

Por uns minutos, permaneço junto ao buraco de luz, do tamanho justo para meu corpo, debatendo-me entre sair ou voltar a fechá-lo.

O cheiro de suor é insuportável. Está aqui. Não há mais tempo. Preciso tomar uma decisão. Recolho com as mãos um pouco de barro e me preparo para tampar de novo a saída. Se ficar, não quero frestas de luz aqui dentro.

Mas no último instante, deixo cair o barro e me meto no buraco. Com muito esforço vou me arrastando para fora. Primeiro a cabeça. Depois os ombros. Deslizo a cintura. O aroma é de vegetação fresca. Tiro por fim os pés. Estou completamente fora. Deitada sobre a erva úmida, empapada de barro e suor. Respiro aliviada. O céu é bonito. Os raios de sol. Não tenho para onde ir, mas não me importa. Consegui, tudo acabou. Mas ainda que eu não saiba, ainda falta o mais difícil.

Talvez, na verdade, eu não queira ir porque cometo o erro de ficar muito perto do buraco, talvez não me atreva ainda a abandoná-lo. Acontece o inevitável, de repente aparece uma mão que agarra meu tornozelo. É o monstro que cheira a suor e arrasta os pés. Crava suas unhas em mim. Tento escapar dele. Dou patadas. Tento gritar, mas não posso. Não tenho voz. Ele puxa com força, mas eu resisto. Depois de uma breve luta, paramos.

Pela primeira vez posso ver — ainda que apenas seja uma pequena parte — o monstro que cheira a suor e arrasta os pés. Tem a pele curtida e cheia de barro. Suas unhas sujas, os dedos parecem humanos, familiares. Em um deles, vejo um anel oxidado.

Observo sua mão e, apesar de tudo, gostaria de acariciá-la. Não posso evitar a vontade de beijá-la, e estou prestes a fazê-lo quando suas unhas se cravam de novo em mim e rasga minha pele. Grito de dor. Desta vez, sim. Enfim, a voz sai de minhas entranhas. Por tanto tempo escondida. Volto a gritar. Um bando de corvos alça voo assustado.

Grito. E escapo dele com uma patada certeira. A mão desparece nas entranhas da caverna. Sei que nunca se atreverá a sair, mas tampo o buraco com pedras por via das dúvidas. Antes de colocar a última, olho o anel em minha mão. Já não me oprime. Eu o tiro e o jogo no interior da caverna. Coloco a última pedra. O buraco está fechado. Para sempre.

Breve ensaio sobre uma pedra

Situemo-nos.

Ano 1903. Estamos na República Democrática do Congo, ou melhor dizendo no Estado Livre do Congo, pois esse era seu nome naquele momento. O país pertence ao rei belga Leopoldo II. Não se trata de uma colônia, nem ao menos isso é. É sua propriedade privada, como quem tem um jardim ou uma casa na praia, ele tem um país.

Joseph é um soldado belga que acaba de fazer vinte e três anos. Chegou ao Congo há algumas semanas e está imerso no coração da selva. Decidiu se alistar porque o exército belga estava ali para lutar contra a escravidão, uma das mais nobres ações que um ser humano pode realizar.

Mas... Não, espere. Talvez não seja o ano 1903 nem estejamos no Estado Livre do Congo, já não tenho certeza.

Talvez estejamos, na verdade, no ano de 2003, em um país devastado pela guerra, a República do Iraque. Até há algumas semanas governado por um cruel ditador. Agora, depois de uma breve e desigual contenda, a coalisão de países liderada pelos Estados Unidos depôs o tirano e promete liberdade e justiça.

Kevin é um soldado americano que se alistou porque não tinha mais opções para alimentar sua família. Destinado em Kirkuk, tem vinte e três anos e duas filhas. Estava desempregado, e o exército era sua única saída. Apesar de tudo, está feliz de participar na luta contra o terrorismo.

E é agora, uma vez que já nos situamos — ou, pelo menos tentamos —, que posso começar este relato.

Joseph acreditava de verdade que o exército belga havia ocupado o Congo para liberar os africanos da escravidão. O que encontrou foi o inferno. Não poderia chamar de outra coisa.

Kevin acreditava de verdade que a coalisão internacional havia ocupado o Iraque para libertar os iraquianos do ditador. O que encontrou foi o inferno. Não poderia chamar de outra coisa.

Joseph viu muitas atrocidades serem cometidas contra os congolenses. Seu sargento e alguns outros membros de sua unidade cortam mãos diariamente, como quem corta o pão pela manhã. Se os escravos chegam tarde com os carregamentos de borracha, se não obedecem a suas ordens, se algum deles folga mais que o normal, não hesitam em castigá-los. Em algumas ocasiões, eles os chicoteiam, mas na maioria das vezes cortam suas mãos. Assim, sem mais. Inclusive parecem sentir prazer com isso.

Kevin viu muitas atrocidades serem cometidas contra os iraquianos. Seu sargento e alguns dos membros de sua unidade empregam a força no trabalho. Se na rua alguém sem identificação se aproxima mais do que o necessário, o melhor que lhe pode acontecer é receber um disparo de advertência. Se algum preso se nega a obedecer, não duvidam em torturá-lo. Em algumas ocasiões, eles o desnudam, cobrem sua cabeça com um saco de lixo e simulam um fuzilamento. Outras vezes, batem nele até a morte. Inclusive parecem sentir prazer com isso.

Chegado a este ponto do relato, o leitor já deve ter compreendido que Joseph e Kevin nunca se conheceram e nunca se conhecerão. Ao fim e ao cabo, um século inteiro os separa.

Já está anoitecendo, Joseph se encontra na parte alta do rio Congo, em um acampamento perdido na selva. Deitado no interior de sua cabana, está de mau humor. Trouxe com ele uma pulseira de prata, símbolo do compromisso que tem com Elizabeth — se casarão quando regressar —, mas a perdeu. Era seu único vínculo com o mundo, para além das loucuras daquelas selvas. Escuta um barulho fora. Levanta-se e sai para ver o que está acontecendo.

Já está anoitecendo, Kevin se encontra em um posto militar com seu sargento. Ambos estão atentos ao menor movimento entre as sombras. A ameaça de uma bomba ou de um franco atirador os mantêm em alerta. Seus olhos não param de examinar cada detalhe ao seu redor enquanto Kevin fala de suas filhas. Sente falta delas. A mais velha é autista e a menor acaba de entrar na escola. O sargento não é casado e não tem descendência. Escuta Kevin ou, ao menos, finge ouvi-lo. Mas um movimento nas sombras chama sua atenção e ambos se calam.

Joseph sai da cabana. O sargento e um par de soldados se aproximam apressados dele. Trazem um menino de uns dez anos. Seu corpo pouco se diferencia do de um cadáver. Não se atreve a levantar o olhar do chão. Está tremendo. Traz o punho fechado, esconde algo. Ao chegar diante dele, o sargento o obriga a abri-lo. A pulseira de Elizabeth. Ali está. Joseph a olha surpreso. Sorri. Mas a alegria por tê-la encontrado não dura muito. Está claro que o pequeno a roubou. Merece um castigo.

Kevin observa como um menino surge da escuridão e caminha de um modo estranho até eles. Aos trancos e barrancos, aproxima-se devagar. Veste uma camisa grande, vai saber o que pode esconder ali debaixo. O sargento o manda parar várias vezes, Kevin também grita, mas o menino não parece ouvi-los. Talvez nem sequer os entenda.

Um dos soldados estende um facão a Joseph. Ele está furioso com o moleque que havia roubado sua pulseira, mas não a ponto de querer amputar sua mão. Não é mais que um menino. Os olhares dos soldados e do sargento escrutinam o seu. Ainda não o tinham visto fazer justiça com nenhum selvagem, talvez seja um desses defensores de seus direitos. Talvez esse soldado que não se atreve a cortar a mão do pequeno ladrãozinho denuncie seus atos ao regressar a Europa. Talvez seja um traidor.

O sargento aponta o fuzil para o rapaz que se aproxima. Kevin está assustado, é um novato pouco acostumado a essas situações. O menino continua caminhando e o sargento não hesita. Sabe o que tem que fazer. Aperta o gatilho sem vacilar. Mas o fuzil não dispara. Engasga. Começa a xingar. Kevin está cada vez mais nervoso. Grita para o menino parar, mas não parece ouvir. A luz amarelada de um farol ilumina o rosto do intruso. O olhar perdido. Kevin reconhece o mesmo jeito de sua filha mais velha. O sargento grita enlouquecido para que Kevin dispare. Apenas quatro ou cinco metros os separam do menino.

Joseph sabe com certeza que seus companheiros não o perdoarão se não castigar o rapaz. É ele ou o menino. Se um aparelho para medir o medo tivesse sido inventado, talvez os índices de Joseph fossem mais alto do que os do pequeno ladrão. Dá um passo à frente e pega o facão da mão do soldado. Pega seu pulso com firmeza. O olha nos olhos e este, pela primeira vez, devolve o olhar. Estão tremendo. Ambos. Joseph aperta o facão com sua mão direita. O suor impregnando o cabo. A selva os envolve, inunda tudo.

Kevin sabe com certeza que o sargento não o perdoará se não atirar no intruso. Está se aproximando demasiadamente. Mas ele tem certeza de que é inofensivo. Apenas enxerga o rosto de sua filha nesse menino que caminha aos tropeços. Kevin levanta o fuzil e aponta para a cabeça. Está tremendo e não tem a precisão que demonstrou nos campos de treinamento. Talvez falhe o disparo, no caso de disparar. O sargento grita sem parar. Tem os olhos injetados de sangue. Talvez esse menino guarde uma bomba debaixo da camisa. A escuridão os envolve, inunda tudo.

Chegando a este ponto não temos mais remédio a não ser reconhecer que não sabemos como terminou esta história. Mas talvez isso não importe, na verdade.

É curioso, não é? Quem diria? Separados por nada menos de cem anos, Joseph e Kevin caíram na mesma armadilha.

Ao fim e ao cabo, dizem que o ser humano é o único animal que tropeça duas vezes na mesma pedra. Parece mentira.

Costumes costurados

Eu me levanto cada manhã e a casa está vazia. Baixo a tampa da privada aborrecida, não gosto que a deixem levantada. Varro a cozinha, o chão está cheio de restos de bolinhos. Dobro a roupa que deixaram jogada no banheiro. Visto-me, saio de casa, fecho a porta com chave e vou para o trabalho. À noite, depois de várias horas na fábrica, volto para casa cansada.

Pego a chave. Abro a porta e arrasto os pés até o interior da casa. Tiro do armário a roupa que dobrei pela manhã e a deixo jogada no banheiro. Abro o pacote de bolinhos e jogo algumas migalhas pelo chão. A tampa da privada está baixada, claro. Eu a levanto e me meto na cama. Deus, como sinto falta deles.

Céu fechado

Paul, sinto muito, sei que não deveria ter feito isso. Jamais pensei que isso pudesse nos acontecer. Foi um erro, o mais grave que já cometi, mas eu precisava, não pude evitar. Tinha certeza de não aconteceria nada, pensei que você não fosse descobrir. Espero que possa me perdoar, ainda que isso não poderei saber jamais, não me deixam falar contigo. Tentei, mas é impossível. Tomara que não pense em mim com rancor. Já não sei o que fazer para fugir desta culpa que me atormenta. Não quero ficar sozinha, Paul. Não pense que traí você, por favor.

Uma semana exatamente, minha vida. Uma semana. Sete dias. Não posso acreditar.

Devo tudo a você, Paul, você me ensinou a ler, a escrever. Aprendi tudo com você. Penso em você todas as horas. Deve estar aterrorizado como um menininho. Se ao menos me deixassem vê-lo, tudo seria diferente. Mas nem sequer posso sair sozinha de casa. Minha irmã está o dia todo colada em mim. Ela me asfixia, é uma desconhecida. Não quero seus abraços de bom dia como se nada tivesse acontecido. Eu quero você, meu amor, eu o necessito.

Não foi minha intenção, você precisa acreditar em mim. Apenas queria sentir o ar fresco. Jamais pensei que as coisas pudessem se arruinar assim. Já haviam passado tantos anos, como ia imaginar que alguém me reconheceria?

Aparecemos na imprensa de meio mundo, apesar de que imagino que não o deixem ler. A verdade é que, sobretudo, aparece você. Ninguém se atreveu a publicar uma só foto minha, mas enchem os jornais e noticiários com seu rosto. De você, falam que é um monstro, e de mim, ainda que ninguém o afirme abertamente, insinuam que enlouqueci. Dizem que trinta e dois anos a seu lado tirariam o juízo de qualquer um. Dizem que preciso de repouso, que os psicólogos me fariam compreender. Estúpidos.

Pergunto por você todos os dias, mas ninguém me responde. Sei a data da tua execução porque vi na televisão em um descuido, é a única coisa que sei.

Você adormeceu e pensei que poderia sair uns minutos. Naquela noite você cometeu o único erro em tantos anos. Esqueceu-se de fechar com chave. E adormeceu como uma criança. Esse foi o seu único crime.

Subi a escada devagar, com cuidado para não acordar você, empurrei o alçapão e saí ao exterior. A sala era como já tinha me contado, as cortinas escuras, o sofá xadrez, a velha foto de sua mãe sobre a televisão. Tudo era igual como era na minha cabeça.

Não queria que você notasse minha ausência. Ficaria fora apenas uns minutos. Mas, quando saí para a rua, perdi a noção do tempo. Não me lembrava mais como era o céu, Paul, é incrível. As estrelas são ainda mais bonitas do que pareciam nos livros.

Minhas pernas tremiam. Um carro apareceu do nada e quase me atropelou. O motorista desceu e deve ter percebido algo estranho em mim porque começou a gritar como um louco. Eu não disse nada, estava atordoada, jamais falei com ninguém além de você.

Qual a possibilidade de encontrar com alguém conhecido? Alguém que lembrasse de mim trinta e dois anos depois? Eu tinha apenas nove anos, como pôde me identificar?

Era um velho amigo de meus pais com uma boa vista. Tivemos má sorte, Paul. A polícia não demorou a aparecer e não me deixaram voltar. Você sempre me dizia que o mundo era perigoso e eu não quis acreditar. Que estúpida fui.

Espero que, ao menos, entreguem esta carta a você. Angustia-me pensar que talvez pense que o traí. Não foi assim, Paul. Já sei que nunca confiou nas palavras, por isso o único modo de que acredite em mim é demonstrá-lo. Amanhã mesmo o farei.

Sinto falta da calma. Seus braços me enlaçando. Nada me inquietava quando estava com você. Sem preocupações. Sem sobressaltos. O barulho do trânsito através das vigas, a chuva longínqua batendo no telhado. As formigas me acariciando. Seus dedos. Sinto falta até da escuridão, Paul, você não acreditaria. A luz das velas, a umidade. Seu hálito, seus sussurros no meio do nada. Seus lábios. A única coisa sincera que já tive.

Espero que a notícia já tenha chegado a seus ouvidos quando leia esta carta e compreenda que não está só, meu amor, como você sempre temia. Não o abandonei aquela noite nem tampouco o farei agora. Nós nos encontraremos, Paul, pode ficar tranquilo. Quando em uma semana amarrarem você na cadeira e lerem seus manifestos hipócritas, você saberá que o estarei esperando, minha vida, portanto respire e não tenha medo. Imagine que estamos abraçados em nosso sótão. Quando chegar o momento, feche os olhos e pense na minha pele. Eu também pensarei na sua amanhã ao amanhecer. Penso em ir para sua casa. A esta altura já terão descuidado da vigilância. Está decidido. O sótão ainda segue de pé, sempre seguirá.

Ali esperarei você.

Memórias ancoradas

Querida mamãe,

Faz tanto tempo que não ouço sua voz que já não sei se faz muito sentido lhe escrever, mas precisava expressar o que ainda sinto, a senhora não pode imaginar quanto sinto a sua falta. Estou envelhecendo, pouco a pouco, sem me dar conta, e me dói que não estejamos juntas, construindo lembranças como sempre deveria ter sido.

Ontem à noite, passeava pela cidade e um odor chamou minha atenção. Não saberia dizer com exatidão do que se tratava, uma mistura de orégano e louro, creio. Isso me fez lembrar aqueles cozidos que a senhora nos preparava. Adorava observá-la no silêncio todas as tardes, na volta da escola, de um canto da cozinha. Eu me reconfortava ao vê-la se movendo, mãe, com suas mãos curtidas, cozinhando para nós. O tempo nos roubou tudo.

Sempre fui muito teimosa, a senhora sabe bem, e apesar de talvez já dever ter me dado por vencida, não penso em fazê-lo. A dor se torna mais intensa assim, talvez devesse esquecer tudo e respirar tranquilamente, mas não posso, mãe, não posso.

Uma filha e sua mãe não deveriam passar tanto tempo sem se ver, isso não está certo.

No altar, no dia do meu casamento, senti seus braços ao meu redor, o calor de seu corpo ao lado do meu, como quando eu era criança. Suas mãos acariciavam minhas bochechas secando a umidade, e eu não conseguia explicar por que não estava lá. Eu me perguntei, mãe, por que não estava, o que era mais importante do que acompanhar a filha no dia do casamento... Eram tão importantes assim os ideais?

Eu a culpei por muitos anos por tudo que aconteceu. Sei que é injusto, mãe, mas foi assim. Precisei de muito tempo para começar a compreender que a senhora não pôde fazer nada para evitá-lo. Eu era uma menina e necessitava de uma mãe perto de mim, e a odiei por não me dar o que as outras tinham.

Hoje tenho vergonha de ter pensado em tudo aquilo. Agora tudo parece mais claro, os anos colocaram as coisas em ordem e a serenidade de que a senhora não teve culpa me acompanha há anos.

Foi o horror o culpado de tudo, mãe, nem sequer foram eles. Não poderia condená-los, não guardo rancor. Foi o horror, não se pode culpar a ninguém mais.

É a única palavra que me vem à mente ao lembrar o dia em que a levaram. Quando vi meu pai chorando, soube que algo grave acontecera, ele não chorava por qualquer coisa. A vida me mostrou suas garras pela primeira vez e eu, inocente, não suspeitei que jamais voltaria a vê-la. Papai tentava nos consolar, mas seus olhos não foram capazes de mentir. Jamais poderei esquecer seu olhar, aquele dia envelhecemos de uma só vez.

Mãe, Deus sabe que fiz tudo o que era possível para encontrá-la, estive a ponto de ir ao monte sozinha com uma pá, inclusive.

O horror, mãe, ele nos separou, as guerras entre irmãos.

Por meia vida, refugiei minha dor no ódio, e agora tenho que viver com minha própria vergonha. Como eu pude culpá-la mãe? Com que direito? Não sei como pude vivenciar tais sentimentos. Agora tento me limpar, limpar seu nome, compensá-la por tantos anos no esquecimento. Eu a encontrarei, mãe, preciso encontrá-la.

Não me darei por vencida, ainda que ninguém mais acredite em nós, ainda que nos neguem a verdade, ainda que meus netos pensem que estou louca, não deixarei de procurá-la. Sabe que fiz o impossível para encontrá-la, não suporto a ideia de pensar que está perdida sabe Deus onde. Ainda mantenho a esperança, apesar de tudo.

Hoje precisava lhe escrever, mãe, dizer que não me esqueci da senhora, que continuarei procurando-a enquanto tenho forças. Sua ausência marcou cada um dos meus dias. O tempo nem sempre cura as feridas.

Certamente é pouco o tempo que ainda tenho por aqui, mas antes de ir, espero algum dia poder ver seu corpo repousando junto a papai, descansando enfim depois de tantos anos. Enquanto isso, apenas posso fechar os olhos e sonhar, deixar-me levar por esse aroma de mistura de orégano e louro que pretende, traiçoeiro, me fazer acreditar que o horror jamais veio nos visitar.

Incrédulo

Descarregou sua fúria com um soco na parede. O que não esperava é que a parede se fundisse com seu braço. Ninguém voltou a vê-lo.

Chuva de maio

Não faz tanto tempo que você chegou e já tem que partir. Não está certo.

Não compreende o que está acontecendo. Como poderia compreender? Você que nunca se interessou pela política. Que não entende a diferença entre esquerda e direita, jamais gostou de falar de revoluções ou ditaduras. Só quer estudar.

O motor faz um grande estrondo, parece pretender silenciar os prantos. Mas isso é impossível. Você grita, chora, chuta. Ninguém o ouve. Todos choram.

Cobriram seus olhos com uma espécie de trapo, cheira a suor. Tudo está escuro. E a vertigem se apodera de seu estômago. Você se levanta. Tampam seus ouvidos, doem. E ninguém oferece uma palavra de consolo. Devem ser uns dez. Talvez quinze. Mas isso você não sabe. Não pode ver, ainda que isso seja o que menos preocupa você. Na verdade, você não se preocupa com nada. Ou com tudo.

É complicado. Você tem medo, isso é certo. Por que negar? Você já teve medo muitas outras vezes. Quando ouvia histórias de fantasmas no rádio. Ou quando ficava no escuro, sozinho, em seu quarto. Mas desta vez é diferente.

Suas memórias se aglomeram como imagens incoerentes. Não seguem um discurso lógico, uma sequência. Simplesmente se amontoam. Felizes, estão cheias de risadas. No fundo, você é um rapaz de sorte. Sua vida está repleta de bons momentos. Todas as suas memórias são afetuosas. Até uma semana atrás.

Escutam-se gaivotas. Soam com vitalidade do lado de fora. E você se imagina junto delas.

Você plana sobre o mar à procura de peixes. Deixa-se levar pelas correntes de ar. Sempre sonhou com poder voar. Você as ouve de novo. Grasnidos, vibrações. Como um insulto a seus ouvidos. Como uma brincadeira de mau gosto. Os gritos de sua mãe ainda ressoam em sua memória.

Faz frio.

Separaram-no com violência de seus braços. No meio da noite. Ela não sabe, jamais saberá, para onde levaram você.

Procurará por você, perdida o resto da vida. Com a esperança de vencer a lógica. Ainda que saiba que não o encontrará, não deixará de procurar. Desapareceu, dirão. Tentarão apagar seu nome, mas ela não permitirá.

Nem os quinze anos deixarão você cumprir, miseráveis.

Você que não tem culpa de nada. Que não deu a menor bola para isso de pátria. Não sabe o que são os ideais. Não teve tempo. Apenas queria estudar, conhecer garotas, jogar futebol. Você nunca gostou de chamar a atenção. Sempre foi bom em passar despercebido. Até agora. Isso que é estar no lugar errado no momento errado.

Haviam levado seu pai faz apenas uma semana. Em um semáforo. Nem sequer esperaram se esconder na noite. Sua velha tinha a esperança de que ao menos não viessem por você. Mas nada detém essas pessoas. São piores que o cavalo de Átila. Não entendem de outra coisa a não ser destruir. E você estava aqui quando chegaram. Que puta má sorte.

Você se encolhe, treme. Está gelado. O barulho dos motores se mistura ao dos prantos. O ar fica rarefeito. Talvez seja a pressão da altura. Uma tempestade se aproxima. Faz um tempo que não se ouvem mais as gaivotas, a costa deve estar longe. É o momento. Ainda que você não saiba, claro.

A comporta se abre.

A tempestade começa. Raivosa. E o mar gostaria de fugir, recuar sobre si mesmo. Obrigado a ser cúmplice da barbárie, envergonhado. Vocês vão caindo, um depois do outro. Todos caem.

Embora o golpe contra a água seja forte, você não se sente ferido. Afunda, desesperado, gritando como um menino assustado. É o que você é, não lhe deram tempo de crescer. Fica tranquilo, menininho, acalme-se. Ninguém mais vai o machucar.

O mar envolve você. Dá-lhe um abrigo que você já acreditava estar perdido. E é feliz por um instante. Pensou ter esquecido o que sentia dentro de sua mãe. Recolhido em seu ventre. Flutua. Não existe a dor. Sente que ela o abraça, acaricia com ternura. Dizem que nascer e morrer se parecem muito, afinal.

Pouco a pouco, você afunda. Devagar, deixa-se levar. E o mar o abraça, acaricia você. Lá fora está chovendo. E você perde a noção. Sente a água envolvendo seu corpo. Aconchego, calma.

Tranquilo, é um menino valente. Acabaram-se os medos. Não se mova, já não há nada que se possa fazer. Deixe-se levar, menininho. Fique tranquilo, não esqueceremos seu nome.

O outro

Decidi ser jornalista porque desde sempre gostei de perguntar o porquê das coisas. Quando jovem, era muito sonhador e pensava que mudaria o mundo. Passei metade da vida perambulando de jornal em jornal, e em alguma outra rádio. Fiz programas de todo tipo, às vezes contra os meus ideais, mas era necessário chegar ao fim do mês. Tinha quase cinquenta anos de idade quando chegou a oportunidade que sempre estive esperando.

Já estava trabalhando fazia três anos em um jornal com certa tiragem. Consegui a vaga graças a um antigo colega de faculdade que herdou ações em vários meios de comunicação. Até então, havia feito coberturas de alguns eventos em países europeus e tive a chance de entrevistar algumas subcelebridades. Não podia imaginar que, naquele março, o diretor do jornal me ofereceria a oportunidade da minha vida: entrevistar pessoalmente um talibã.

O encontro se daria em um país neutro, não teria que viajar ao Afeganistão ou a algum outro país de alto risco. Ainda assim, o perigo era evidente. Não sei se o diretor confiava em mim ou se nenhum outro estava disposto a fazer aquela entrevista. Não pensei duas vezes, aceitei sem hesitar e comecei a preparar a viagem. Meus filhos não queriam que eu fosse, mas aquilo poderia ser um divisor de águas em minha carreira. Mudaria tudo.

Ofereceram-nos uma entrevista que se daria ao longo de vários dias. Durante uma semana, teríamos reuniões diárias de cerca de uma hora. Meu objetivo era me aprofundar em sua visão de mundo, descobrir as causas que podem levar uma pessoa a se converter em terrorista, e a melhor maneira de conseguir isso era ganhar a confiança dele pouco a pouco. Como é óbvio, eu rejeitava suas ações, mas sim me interessava em saber onde estava a origem de tanta irracionalidade.

Os meses se amontoaram um depois do outro, e quando me dei conta estava a bordo de um avião, transformado em um monte de nervos e sem possibilidade de recuar.

Uma mulher de poucas palavras me recebeu no aeroporto e me guiou até o hotel onde eu ficaria hospedado. Naquela tarde, fui dar uma volta. Relaxei passeando por mercados e praças. Jantei pouco e fui para cama cedo. Estava certo de que me esperavam seis dos dias mais intensos de minha vida. Não imaginava o quanto.

Na primeira manhã, vieram dois caras de preto e me meteram em um carro cinza, um quatro por quatro de uma marca da qual nunca ouvira falar. Me vendaram apesar de meus protestos. A viagem foi longa. Do trajeto só lembro do odor intenso de umidade e de meus polegares brincando nervosos um com o outro. Quando o carro parou e me tiraram à força, pensei que meu coração explodiria. Sentaram-me com rispidez em uma cadeira e me tiraram a venda.

Estava sentado diante de mim. Em silêncio. Com um turbante que envolvia por inteiro sua cabeça. Usava óculos escuros e, ao olhá-lo, eu apenas via meu próprio reflexo na lente. Minha intenção era de não tratar de nenhum assunto político nesse primeiro dia. Perguntei sobre seu bairro, sua infância. Mas todas as suas palavras pareciam tiradas de alguma reunião de seus líderes. Frases feitas que apenas enchiam o vazio no qual jogava nossa conversa. Aquele primeiro encontro foi frustrante. Voltei ao hotel decepcionado. Não havia conseguido esclarecer nada, e não parecia que a coisa ia melhorar.

Na manhã seguinte, o mesmo quatro por quatro e os dois caras de preto. A viagem pareceu mais curta desta vez. Continuava nervoso, mas pelo menos o odor de umidade e os buracos do terreno começavam a me parecer familiares.

Quando desvendaram meus olhos, não esperei que começasse a me azucrinar com suas ladainhas políticas. Perguntei diretamente sobre seus filhos. Eu nem sabia se os tinha, mas precisava entrar nas entranhas de sua couraça. Funcionou.

Descreveu seus filhos com uma intensidade na cor de sua voz que não havia aparecido até então nem por vislumbre. Foi um momento especial. Senti-me orgulhoso de minhas palavras, com apenas um par de frases, havia conseguido desarmar aquele fundamentalista que se mostrava agora diante de mim tal como era. Naquele momento, não pensei nisto, mas agora, com o passar do tempo não paro de dar voltas ao assunto: talvez ele estivesse apenas brincando comigo.

Naquela segunda manhã ele me falou de seus três filhos, do medo que tinha que não se tornassem pessoas que ele sonhava que se tornassem.

Perguntei se desejava que seguissem seus passos. Se sonhava que seus filhos se convertessem em terroristas como ele ou, pelo contrário, desejava outro tipo de vida para eles. Acreditava que o que estava fazendo seria o melhor legado que poderia deixar a seus filhos?

Não deve ter gostado da pergunta porque fez um movimento com o olhar e os dois caras de preto me pegaram, me vendaram os olhos e me levaram de volta ao hotel.

Talvez tenha dado uma de esperto, talvez tenha se ofendido e já não me deixaria continuar com a entrevista. O trato eram seis dias e passaram apenas dois.

Lembro-me que passei aquela tarde pensando, sem sair do quarto do hotel, com medo de que a grande oportunidade tivesse se esfumado por causa da minha falta de tato ao formular as perguntas.

Mas no dia seguinte chegaram os mesmos caras de preto na hora de sempre. Desta vez, enfiaram-me em outro carro. Era um carro de passeio vermelho, parecido com o que eu tive quando ainda era jovem. Vendaram-me como todos os dias e, por volta de uma hora depois — ou isso penso —, eu me encontrei novamente diante dele. Fiquei surpreso ao topar com seus olhos cravados nos meus. Não estava usando os óculos escuros. Tirou-me do prumo, não esperava que se mostrasse, por menos que fosse, nos seis dias da entrevista. E, no entanto, ali estávamos, o terceiro dia, nossos olhos desnudos frente a frente. Isso compensava muito o nervosismo da tarde anterior. Sua postura parecia mais relaxada. Não tive que lhe perguntar nada. Começou a falar.

Disse-me que seu pai sempre quis que ele fosse professor. Desde pequeno, ensinou-lhe que essa era a profissão mais nobre que um homem poderia ter, e ele não quis decepcioná-lo. Estava estudando para ser professor quando aconteceu o bombardeio que mudou sua vida. Sem seu pai, foi incapaz de terminar os estudos. O ódio contra os invasores que haviam destroçado o que mais amava já germinara nele. Seu destino estava escrito.

Com vinte anos, ele me disse, só queria formar sua própria família e ser feliz em seu povoado. Não se interessava por política. Só pensava em se casar e se tornar o melhor professor de todo o país.

O que seu pai desejava para você?, lembro que ele me perguntou.

Eu me remexi inquieto na cadeira, não esperava que se interessasse pela minha vida. Titubeei alguns segundos. Talvez fosse melhor não responder. Não deveria falar de minha vida pessoal com aquele cara, poderia ser perigoso. No entanto, a entrevista estava tomando um caminho interessante e tive medo de estragar tudo se me negasse a responder.

Jornalista, menti.

E aqui está você, respondeu ele sem deixar de me olhar nos olhos ao mesmo tempo em que se recostava. As sobrancelhas arqueadas e um meio sorriso nos lábios.

Voltou a se jogar para frente e me disse que a vida era muito mais complexa que minha pergunta da tarde anterior. Ele não pretendia que seus filhos seguissem seu exemplo, nem que pensassem que havia feito tudo para deixar um mundo melhor para eles. Ele não havia optado por essa vida, foi o destino que teve que viver. Seus filhos ainda poderiam ser professores.

No trajeto de volta ao hotel, com os olhos tampados, pensei em meus filhos, se eu gostaria que algum dia fossem como eu. Lembrei dos olhos do meu pai — faleceu quando eu ainda era um menino — e o imaginei orgulhoso de mim, de minha carreira, da família que havia construído. Eu não era um terrorista, era só o que faltava, estava deixando aos meus filhos o melhor legado que poderia deixar.

Naquela tarde, cheguei ao hotel com uma estranha sensação no corpo. Estive falando com ele sobre a vida sem que a política emergisse em momento algum. Ele começara a se desnudar diante de mim. Tudo parecia ir de vento em popa. Meti-me na cama sem jantar.

Na manhã seguinte, observei mais detalhadamente o carro com o qual vieram me buscar. O carro de passeio vermelho não era parecido com aquele que tive na minha juventude: era o mesmo modelo. Idêntico. Não sei como não percebera na manhã anterior, até o estofamento tinha o mesmo tom rançoso daquele primeiro carro onde me estreei em quase tudo.

Quando me tiraram a venda, ele já me observava com um quê de curiosidade no rosto. Não usava os óculos escuros e o turbante estava mais solto, deixava entrever sua boca. Tinha uma meia barba de três dias, muito parecida com a minha. Ficamos um longo tempo nos observando. Não quis quebrar o silêncio, não sei quanto tempo ficamos assim. Naquela manhã, não trocamos nem uma só palavra.

Seu olhar penetrava em mim do mesmo modo que o meu penetrava nele. Seus olhos me inquietaram aquele dia. Havia algo neles que me era familiar.

Quando os dois caras de preto me agarraram para me levar de volta ao hotel, havíamos estudado até o último milímetro de nossos rostos.

É curioso, não dissemos uma palavra, mas, no entanto, senti que aquele dia foi no qual mais havíamos conhecido a verdade.

O quinto dia amanheceu com uma neblina suave que envolvia tudo. Lembro-me que fiquei um longo tempo olhando feito bobo pela janela daquele quartinho de hotel. A neblina cobria toda a cidade e parecia querer ocultar cada canto, cada pessoa. No entanto, os raios de sol surgiam entre as nuvens e iluminavam todos os lugares para onde dirigia meu olhar. Foi uma sensação esquisita, como se a luz se movesse a meu bel prazer e voasse obediente a qualquer lugar onde pousasse meus olhos. A manhã cheirava a frescor, a vida. O reflexo de meu rosto no vidro, a neblina, os raios de luz. Fiquei tão embasbacado brincando com minhas percepções que não me dei conta da hora até que umas batidas na porta se fizeram ouvir com rispidez. Vieram me pegar e eu nem sequer estava vestido ainda.

Meteram-me, como sempre, a empurrões no pequeno carro de passeio vermelho e, para minha surpresa, naquela manhã não me puseram a venda. Talvez não fosse mais necessário, pensei. Bom sinal.

Observei o caminho, tentei retê-lo na memória, sem saber muito bem o porquê. Mas era impossível, em pouco tempo atravessamos um labirinto de ruazinhas indecifrável. Tive a sensação de ter estado ali antes. Nunca viajara para aquele país, mas todos os prédios pareciam familiares, inclusive os rostos das pessoas que se afastavam quando passávamos. Um déjà vu talvez, sei lá.

Chegamos a um casarão antigo e o motorista parou em frente a um portão grande de madeira e metal.

Ao sair, olhei para o porta-luvas e naquele momento podia jurar ver nela a mesma imagem da Virgem de Guadalupe que tinha no meu carro quando jovem. Não pude verificar porque um dos homens de preto me empurrou para fora de maneira pouco amigável.

Meus temores mais íntimos — aqueles que nem sequer sabia que existiam — se tornaram realidade ao entrar na mesma sala na qual me encontrava com ele toda manhã. Ali estava. Diante de mim, de pé. Sem turbante, com o rosto totalmente descoberto.

Eram meus olhos os que observei nos seus.

Sua barba de três dias era, de fato, minha barba de três dias.

Sua boca sorria zombeteira. Da mesma forma que tantas vezes havia visto em meu próprio rosto.

Vê, limitou-se a dizer, não somos tão diferentes, você e eu afinal.

Eu fiquei petrificado. Gostaria de ter respondido, gritar que, sim, éramos diferentes. Ele era um detestável terrorista, um assassino de inocentes. Eu jamais havia matado uma mosca. Estava enfurecido, como se atrevia a dizer aquilo? Teria tido prazer em pegá-lo pelo colarinho e bater nele, gritar que não se atrevesse a me comparar com ele. Mas... era meu rosto que via no seu.

Não nos parecemos em nada! Está me ouvindo? Você é o pior que pode haver no ser humano, não sou como você. Teria tido prazer em dizer a ele.

Eu o olhei confuso (ou deveria dizer que me olhei), incapaz de compreender suas palavras. Incapaz de aceitar. Gostaria de ter lhe dito tantas coisas.

Saí do casarão o mais rápido que pude. Atordoado, corri horas por ruas caóticas. Não sabia para onde ir, nem sabia se todos aqueles rostos que cruzavam por mim eram reais. A neblina se havia apoderado também desta parte da cidade como se estivesse me seguindo. Já não havia raios de sol.

Finalmente, cheguei ao hotel, não sei como o encontrei. Ao entrar no quarto, caí sobre a cama. Despertei horas depois empapado em suor e tremendo. Olhei-me no espelho e tive que desviar o olhar, não podia ser verdade o que acontecera naquela manhã. Talvez tivessem me drogado, sim. Não havia outra explicação. Devem ter feito isso de algum modo, não sei, talvez tenham esfregado meu braço com alguma dessas drogas que entram através da pele. Foram alucinações, não podia ser outra coisa.

Todavia, ainda restava um dia mais. A sexta entrevista, o fim definitivo daquela loucura. Voltaria ali e comprovaria que tudo não passara de um estúpido pesadelo. Ele não podia ter meu rosto. Naquela noite não preguei olho.

Levantei-me com dificuldade e desci para tomar um café com leite e matar o tempo.

Perguntei-me se, depois da minha fuga, os dois homens de preto se apresentariam novamente diante do hotel na manhã seguinte. Talvez já tivessem dado a entrevista por terminada.

Eu, de minha parte, perdera todo o interesse no artigo e no jornal. Só me importava me encontrar outra vez frente a frente com aquele monstro e comprovar que seus olhos não eram os meus. Ele era detestável. Sua espécie não deveria sequer pertencer à raça humana. Precisava vê-lo de novo e lhe dizer tudo que não me atrevera na manhã anterior.

Estava ansioso, mas tinha medo de que não viessem. Estava tão obcecado com tudo que pretendia dizer a ele que não parei para pensar que talvez me deparasse com o mesmo do dia anterior. E se novamente me visse diante de uma réplica exata de mim mesmo? Costumavam chegar por volta das nove.

Às oito, decidi ir embora.

* * *

Meu artigo passou sem pena nem glória, mais um entre tantos. Houve aqueles que criticaram por darmos voz a um terrorista, mas a verdade é que só se falou dele em alguns círculos fechados. Não teve a transcendência que o diretor esperava que tivesse.

Escrevi um artigo insosso, no qual descrevi o encontro que tive com ele no primeiro dia. Escrevi sobre suas disputas políticas em detalhes e não mencionei nem uma só palavra de todo o resto.

Meses depois, eu pedi demissão do jornal. Procurei trabalho em uma rádio de esportes onde não preciso fazer entrevistas.

Ainda me corrói a dúvida do que haveria de encontrar se aquela manhã tivesse tido a coragem de me reunir com ele e olhar seu rosto. Com os anos aprendi a conviver com isso.

Ou quase.

Nunca mais me olhei em um espelho.

O monstro das mil colinas

— Mamãe, não é verdade aquela história do monstro da caverna? — a pequena Valentine nunca tem sono e não para de fazer perguntas.

— Meu amor — responde Odette —, não tem monstro algum. É só uma lenda. Nós contávamos quando vocês eram pequenos para que se comportassem bem. Mas agora já são grandinhos, não é?

— Pois a filha de Theodore disse que seu pai lhe contou que Gauna saiu da caverna e vem atrás de nós. Disse que quer matar todos nós.

— Ela disse isso apenas para assustar você, minha vida. — Odette acaricia com ternura a bochecha da menina, alisando suas pálpebras com os dedos. Um grito agudo soa lá fora, não parece humano. Isolado. Nada o precede e nada se ouve depois.

— Mamãe, que foi isso? — exclamou Valentine

— Não se preocupe, vida. Deve ter sido um gato. Aqui, em casa, você não precisa ter medo.

— Amanhã vou poder ir à escola? — pergunta a pequena.

— Já veremos quando amanhecer. Agora descansa. Boa noite, Valentine. — Odette cobre sua filha e a beija na testa. Levanta-se e se aproxima de Paul. Ela lhe dá outro beijo com cuidado para não o acordar e sai do quarto sem fazer ruído.

Nem um resquício de luz na janela, a lua se esconde entre nuvens e a escuridão invade cada canto do quarto. Nem as sombras se deixam entrever.

— Claro que é verdade, idiota. — Paul está acordado. Adora fingir que está dormindo e ouvir às escondidas. — A história de Gauna é verdade, passou séculos escondido em uma caverna. Um buraco que parece cavado na rocha, irmãzinha, desses que existem lá em cima na colina. Dormia e saía de vez em quando para caçar. Tudo o que estava perto da caverna, fosse o que fosse, era preso e devorado por ele. Ninguém que viu o bicho ficou vivo para contar a história.

— Cala a boca, imbecil. — Valentine esconde a cabeça debaixo do lençol. — É mentira! É mentira!

— Gauna permaneceu séculos assim, irmãzinha, é sério. Só descansava e saía para caçar quando tinha fome. Mas foi engordando pouco a pouco. E as pessoas que encontra perto de seu buraco já não são suficientes para ele. Agora saiu da caverna e desce até os povoados para procurar comida. Nós, as crianças, somos presas fáceis, não é verdade, irmãzinha? Mas não se preocupe, aqui estamos a salvo, disse mamãe. Mas, se te der vontade de fazer xixi, não se atreva a ir ao banheiro de noite. Gauna poderia pegar você.

— Você é um mentiroso, Paul. Sempre quer me assustar.

— Você sabe que é verdade, Valentine. Por que você acha que não podemos ir à escola? Você não ouviu o grito? Nós dois sabemos que não foi um gato, irmãzinha.

Odette se deita junto a seu esposo. Fred parece dormir, mas ela sabe que não é assim. Há dias nenhum dos dois prega um olho. As coisas estão ficando feias de verdade. Talvez seja o momento de fugir, pensa. Apesar de não terem para onde ir. A única saída seria adentrar pela selva. Não é uma boa opção, mas também não parecem ter outra.

A jovem mãe fecha os olhos e tenta relaxar, descansar algumas horas para poder pensar com clareza, mas duas batidas secas na porta a sobressaltam.

— O que está acontecendo? Quem é? — pergunta Odette assustada.

— Não sei — responde Fred. Mais batidas. — Vou ver.

— Não abra. Por tudo quanto é mais sagrado, não abra.

Fred se aproxima da porta e coloca o ouvido na madeira. Outra batida soa com força do outro lado.

— Abre, por favor — é a voz de Samuel, que foi seu empregado até que começaram as lutas. Faz apenas três dias que foi embora, ainda que pareça uma eternidade. — Ou nós mesmos abriremos.

Odette congelou. Quer alertar seus filhos, escondê-los, tirá-los dali pela janela de trás, mas não há tempo. A porta desmorona diante de seus pés, e o olhar de Samuel aparece no limiar. Um acidente na infância o fez perder o olho esquerdo. Nunca quis colocar um tapa-olho, então a cicatriz é visível a todos. Desagradável no começo, Fred e Odette se acostumaram a seu aspecto. Trabalhou para eles muitos anos. Esforçava-se no jardim e sempre tratou bem as crianças, nunca tiveram uma queixa dele. Mas os tempos estão mudando. Em sua mão, um facão. Atrás dele, um par de jovens o acompanhava. Um mastodonte com mais de dois metros carregando uma tocha e um jovem com uma enxada. Ambos parecem nervosos.

O estrondo que a porta faz ao cair desperta os dois pequenos. Paul sai da cama de um salto e manda a irmã ficar em silêncio. Aproxima-se da porta do quarto para ver o que está acontecendo. Seus pais estão sendo encurralados em um canto por três homens armados com facões e enxadas. Um homem que parece o líder está falando com eles. É Samuel.

Paul volta para perto de sua irmã e a abraça forte.

— Não tenha medo, é apenas uma brincadeira, temos que nos esconder.

— Paul, isso não é uma brincadeira, não é? — Valentine já não é tão pequena como parece. — O que está acontecendo?

— Está bem, não é uma brincadeira. Mas não posso te explicar nada. Me segue, por favor.

Paul abre a janela do quarto devagar e ajuda sua irmã a sair. Depois salta, e ambos se perdem na escuridão da noite.

— Você enlouqueceu se pensa que vou fazer isso — a voz de Odette soa firme.

— Senhora — responde Samuel com tranquilidade. — Não tem outra opção. Ou os mata a senhora mesma e se salva, ou eu os mato e depois deixo que essas pessoas afundem seus dentes na senhora. Estão desejosos por isso, a senhora sabe. A senhora é uma de nós, mas se casou com esse rato imundo e teve dois filhos com ele. Não deveria ter feito isso. Se lhe dou uma oportunidade para que se salve é porque sempre me tratou bem apesar de tudo.

— Samuel — murmura Fred em um fio de voz tão fino que apenas se pode ouvir. — O que aconteceu com você? Por que está fazendo isso?

Ele nem sequer o olha.

— Cala a boca, rato! — Um dos jovens arremete contra ele o ameaçando com a enxada. — Maldito imbecil, como se atreve a lhe dirigir a palavra? Todos da sua espécie tinham que ser extintos!

— Calma, amigo. Tudo a seu tempo — diz Samuel, virando-se para trás. Depois se volta para o casal. — Venham, vamos buscar seus filhos.

Samuel os obriga, a empurrões, a entrar no quarto das crianças, mas, ao ver que não há ninguém, fica nervoso. Olha debaixo das camas, no armário. Nem rastro deles. Ordena ao mastodonte com a tocha que vá procurá-los pelos arredores da casa. A cama ainda está quente.

— Olha, Odette, ou me diz onde estão seus filhos ou as coisas ficarão piores. Ainda podem ficar muito piores, eu garanto.

— Pois me mate! — grita Fred em um ataque de fúria. — O único tutsi aqui sou eu. Meus filhos têm o sangue de Odette, são hutus. Está me ouvindo? São hutus! Não os machuque!

Samuel nem sequer o olha. Se dirige de novo a Odette e coloca o facão à força em sua mão. Ela o rejeita.

— Seu esposo sempre falou comigo como se estivesse falando com um mendigo. Nunca me tratou com dignidade. Todos os da sua espécie fazem isso com a gente. Mas é o momento de colocá-los em seu lugar. Não entendo como pôde fazer isso, Odette. Como pôde se casar com um rato? Eu tenho apreço por você. Por isso, quero salvá-la. Faça você mesma e deixaremos que vá embora.

— Samuel, meu esposo nunca tratou você mal, ele é assim. Meus filhos gostavam de você como se fosse um irmão. Demos tudo a você, e é assim que nos paga?

— Falar comigo com desprezo, sempre me olhar por cima do ombro, essa é a sua definição de dar tudo?

— Faça já, maldito seja! — grita o jovem com a enxada. Tem os olhos vermelhos e não para quieto. De repente pula, desviando de Samuel e dá um soco no estômago de Fred que cai ao chão dobrado sobre si mesmo. O jovem começa a chutar o homem. Odette grita enlouquecida e tenta pará-lo, mas também leva um soco. — Samuel, são apenas um rato e uma maldita traidora. Ruanda não os necessita. O que estamos esperando?

— Não — responde Samuel com firmeza. — Temos que encontrar seus filhos. O trabalho não pode ser feito pela metade. Ela mesma tem de matá-los.

Um gritinho infantil os sobressaltou.

— É Valentine! — grita Odette.

Fred se levanta e corre para a porta, tem que encontrar seus filhos antes que aquele mastodonte com tocha o faça. Mas Samuel o intercepta e o lança contra o chão com um empurrão. Não dá tempo de se levantar outra vez. Os rostos de Paul e Valentine aparecem no batente da porta. O mastodonte da tocha os empurra para dentro com um chute e os dois caem de bruços perto de seu pai.

— Vamos, vamos — murmura Samuel com um sorriso de satisfação. Depois de se virar para Odette, põe de novo o facão em sua mão. — Chegou a hora.

Ela começa a chorar e deixa cair o facão que bate várias vezes contra o chão. Ajoelha-se e abraça as pernas daquele que foi um dia seu empregado, suplicando.

— Samuel — rosna o mastodonte da tocha —, esta cadela não merece viver. Ela se casou com ele e agora não quer matá-lo. Não importa que seja hutu, seu coração está com os ratos.

O facão caiu a poucos centímetros de Paul, e o menino o observa de soslaio. Tem apenas dez anos. Ainda que pegasse o facão, não poderia vencer Samuel e os outros dois. Mas está tão perto que não pode evitar olhar para ele.

— Não vou repetir outra vez — diz Samuel ao mesmo tempo em que descola Odette de suas pernas com um chute. — Não é culpa nossa essa situação, senhora, eles a provocaram. Aguentamos por muitos anos. Deveria nos agradecer. Estamos fazendo isso por você e por todos nós, Ruanda merece uma oportunidade.

Com eles aqui a liberdade se torna impossível, nosso país precisa de uma limpeza. Deveria compreender. — Samuel faz uma pausa para se vangloriar, mastiga cada uma das palavras. — Seu esposo e seus filhos já estão mortos. Decida se quer viver.

O pequeno Paul dá um pulo e pega o facão com ambas as mãos. Quase pesa mais que ele. Já o havia usado nos trabalhos no jardim, mas nunca com a intenção de machucar alguém. Encurralado com seu pai e sua irmã, aponta tremendo o facão para os três homens. Eles o olham perplexos. O menino não parece uma ameaça para eles, ainda assim a situação é incômoda.

— Eu o farei — diz o pequeno. E não dá tempo aos demais de compreender a que se refere exatamente. Paul agarra com firmeza o facão e atravessa o pescoço de seu pai. Os olhos de Fred se arregalam. Odette lança um gritinho agudo, não parece humano. O sangue salta em todas as direções. Mancha o rosto do menino, salpica as paredes. Fred começa a sofrer fortes espasmos, talvez já esteja morto. A menina corre para se refugiar nos braços de sua mãe, e Paul observa como o corpo de seu pai desmorona perto dele. — Não era meu pai — acrescenta. — Era apenas um rato.

Samuel o olha surpreso. Não esperava uma reação dessas do pequeno. Lembra-se de uma vez, há muitos anos, quando Paul o estava ajudando a trabalhar no jardim. Uma praga de carrapatos ameaçava acabar com metade da colheita, e ele começou a esmagar um a um com suas próprias mãos, parecia sentir prazer naquilo. Ficou surpreso com a violência com que um menino naquela idade matava carrapatos enquanto sorria. Ele o olha agora e vê um jovenzinho manchado de sangue que, apesar de estar tremendo, não desvia o olhar do dele. Sempre teve uma certa queda pelo pequeno Paul.

Os dois jovens que acompanhavam Samuel celebram a morte de Fred. Dançam em círculo enquanto gritam em uma espécie de ritual. Odette não pronuncia uma palavra, não chora, não grita. Nem sequer olha aquilo. Apenas abraça com força sua filha. Quase não a deixa respirar.

— Samuel — o mastodonte com a tocha quebra o silêncio. Ainda não está satisfeito —, os meninos têm o sangue dele, são metade ratos.

— Não era meu pai — repete Paul sem baixar o olhar.

Samuel o olha surpreso por sua determinação. O pequeno fala com firmeza, não parece duvidar. Vira o rosto para a mulher que, agora sim, começa a chorar abraçada a sua filha. Conhece Odette há muitos anos, viu nascer essas crianças, sabe que ela jamais foi infiel a Fred. São filhos dos dois, metade hutus, metade tutsis, não há nenhuma dúvida.

— Se não é seu pai, vocês não têm sangue tutsi. Podem ir embora — murmura Samuel. Depois grita: — Fora! Corram!

O mastodonte com a tocha e o jovem da enxada não parecem estar de acordo, mas aceitam sua decisão. Paul pega sua irmã e ajuda a mãe a se levantar. Ela o olha desorientada. Os três correm para fora. Samuel os observa com um estranho sorriso no rosto. Lá fora é noite fechada.

— Onde você vai? — pergunta o jovem da enxada enquanto agarra Odette pelo braço. — Talvez seus filhos não tenham sangue de rato, mas você não quis matá-lo.

— Corram, idiotas! — grita o mastodonte com a tocha para Paul e Valentine. — Fora daqui antes que a gente se arrependa.

As duas crianças fogem desesperadas sem olhar para trás. Logo chegam à selva. Continuam correndo colina acima. Paul abre caminho com suas mãos e sua irmã o segue a alguns passos atrás. Atravessam pântanos cheios de lama, a água os cobre até a cintura. Encontram um outro cadáver flutuando. O cheiro podre é insuportável. Não param um segundo, tampouco olham para trás. Nenhum dos dois diz nada, apenas correm durante horas.

Começa a chover e Valentine acaba caindo de cansaço. Faz frio, e a pequena não para de tremer. Paul a carrega nas costas e continua caminhando, precisa encontrar um lugar seco.

A sorte parece estar do seu lado, afinal. Paul encontra uma caverna entre a mata. Um buraco que parece ter sido cavado entre as rochas, escondido no alto da colina. Sua irmã está delirando, pronuncia frases desconexas nas quais seu irmão entende apenas a palavra Gauna várias vezes, precisa descansar. Entram na caverna e a tempestade dá uma trégua, enfim se sentem a salvo. Não sabem que não estão sozinhos.

No ar, paira um cheiro esquisito, como uma mistura de lama e sangue, custa-lhes respirar. Paul bate o pé em uma pedra e grita de dor. Shhhhhh. Várias vozes pedem silêncio em uníssono. Os dois irmãos se sobressaltam. Forçam a vista e tentam vislumbrar algo na escuridão. Pouco a pouco suas pupilas se adaptam e descobrem vários olhos cravados neles. A caverna é muito maior do que parecia.

São crianças. Dezenas, talvez centenas. Observam os dois irmãos em silêncio. Agachados, eles se amontoam escondidos nas profundezas do buraco. Lá fora, continua chovendo. Valentine desliza das costas do irmão e se agacha junto deles. Paul senta a seu lado e passa o braço ao redor dela. Por fim, começa a chorar. Ninguém diz uma palavra. Está começando a clarear, o amanhecer não deve demorar.

O Bocejo

Já passava da meia-noite quando me vi bocejando em frente ao espelho daquele quartinho. Suponho que alguns clientes gostassem de se observar enquanto se deixavam levar pelo prazer. Mas naquela noite a imagem com a qual tropecei não foi de luxúria e sim de tédio. Nu sobre a cama enquanto três lindas mulheres se enredavam nos cantos mais íntimos de meu corpo. E eu bocejava.

Porra.

Naquela noite, extrapolei. Não havia feito ainda trinta anos, mas me sentia cansado de tudo. Talvez já tivesse experimentado tudo o que um ser humano poderia provar, pensava angustiado naqueles dias de abril depois do episódio do espelho.

Não sei se seria algum tipo de patologia, se tem a ver com algum trauma infantil ou se é que eu sou assim mesmo, mas sempre tive necessidade do novo, emoções fortes. Desde muito cedo, cansei-me de tudo que meus amigos adoravam — o futebol e as mulheres principalmente —, e comecei a procurar diversão em outros lugares.

Com apensas dez anos, juntava-me com dois barbudos bêbados em um banco no parque que havia em frente ao colégio. Convidavam-me para beber daquele vinho em caixa de papelão e depois gargalhavam com minha língua de trapo. Com onze, provei minha primeira mulher: a assistente peruana de meus pais.

Sempre me deixavam sozinho com ela, então não foi muito difícil. Ela não teve saída além de atender meus desejos com medo das ameaças de acusá-la de roubar dinheiro deles. Que na verdade fosse eu quem mexia em suas carteiras não tinha importância.

Com doze anos, já tinha me cansado do vinho dos barbudos e passei a outro banco do parque. Aquele no qual todas as tardes se reuniam cinco rapazes do bairro — que quase tinham o dobro da minha idade — para fumar maconha. Não preciso dizer que naquela época minhas experiências sexuais haviam superado em muito meus encontros efêmeros com a assistente — que meus pais haviam demitido acusando-a de não me tratar com carinho suficiente, puta que pariu. A maconha também me cansou e apesar de continuar consumindo até chegar aqui, logo comecei a provar outras drogas mais fortes.

Mas eu não me entreguei apenas à vida ruim. Na adolescência pratiquei atletismo, futebol, basquete, rúgbi, tênis de mesa, natação e vôlei de praia.

Assim que fiz dezoito anos, peguei minha mala e fui para Buenos Aires. Viajei pela América Latina em uma motocicleta, no estilo de Che. Passei para os Estados Unidos e de lá para o Japão. Eu viajei para a China, Mongólia, Vietnã e Camboja. Depois voei para Camarões, onde tive vários encontros com xamãs e depois passei alguns meses perambulando por países do Golfo. Por sete anos, fiquei viajando sem rumo. Em algumas cidades, aceitei pequenos trabalhos, mais para conhecer pessoas do que por necessidade. Alguma vantagem tinha que ter por ter uma mãe multimilionária.

Minha vida sempre foi assim, sem um momento de calma, impulsionada pela necessidade de encontrar novas experiências. Até a noite do espelho. Vendo-me bocejar cercado por aquelas lindas prostitutas, senti-me vazio. Já havia feito tudo, e nada podia me preencher. Caí em uma depressão profunda. Passei todas as minhas horas entre cobertores no sofá da sala, sem querer me mexer. Eu sequer tinha apetite sexual. Dormia, cagava e comia. A isso minha vida foi resumida durante semanas.

Até a ligação.

O dia havia despertado cinza. No céu, não se via um pedacinho de azul. Não estava chovendo, mas havia umidade, como se a tempestade estivesse prestes a começar. O tempo ideal para cometer suicídio, pensei.

O telefone tocou, e eu respondi por inércia. Era Frederick. Um velho amigo, colega de escola, que não via há anos. Convidou-me para tomar um pouco de vinho e, pela primeira vez em semanas, vesti-me e fui para a rua. Nós nos encontramos em um pequeno antro onde apenas cabíamos eu, Frederick e o garçom. O cheiro de fritura inundava tudo. Os copos estavam oleosos, os dedos ficavam colados neles. Passamos quase três horas conversando e bebendo. O vinho subiu rápido à cabeça.

Eu lhe contei, angustiado, que já havia feito de tudo nessa vida e que não existia mais nada no mundo que eu não achasse insosso. Ele observava em silêncio. Sequer assentia com a cabeça ou fazia algum gesto de que fosse intervir. Apenas me olhava através de seus óculos escuros. Ele sempre foi sério.

Até lhe contei a história do El Rancho. Ninguém sabia daquilo. Foi apenas dois meses antes da coisa do bocejo, El Rancho era um bar ao estilo dos de velho oeste onde com frequência havia confusão. Naquela noite, um cinquentão de gravata e com um par de drinques a mais decidiu que quebrar um dos bancos nas costas de um garçom seria divertido. Começou uma briga entre todos, da qual a princípio eu era mero espectador. Até que me levantei e, aproveitando a confusão, cravei minha navalha nas entranhas de um adolescente. Ninguém me viu. O pobre coitado não durou muito. Quando as pessoas se deram conta, ele já não respirava.

Saí do bar muito empolgado. Era a primeira vez que matava alguém. Uma novidade, sem dúvida. Naquele momento, pensei em repetir a coisa, mas pouco tempo depois aconteceu o lance do espelho e não tive mais vontade de nada.

— Não sei o que fazer, Frederick — disse abatido depois de lhe contar tudo. Ele me olhava enquanto se servia devagar um copo de vinho. Não parecia surpreso.

— Talvez eu possa ajudar você. —Em seu tom de voz, vi que falava sério. — Mas vai precisar de dinheiro.

— Isso não é problema — respondi contundente.

— Perfeito. Mas terá que esperar.

— Quanto? — balbuciei.

— Uma semana, seis meses, talvez um ano. Avisarei você quando chegar o momento, não se preocupe.

Frederick sempre foi um cara de palavra. Dois meses, três semanas e um dia depois daquela manhã de vinhos, tocou o telefone. Não nos voltamos a falar, então assim que escutei sua voz soube qual era o motivo do telefonema. Disse que teríamos que fazer uma viagem longa. Não me importei, dinheiro nunca foi um problema. Perguntei do que se tratava, estava ansioso, mas me disse que eu não podia fazer perguntas. Pediu que depositasse adiantado alguns milhares de euros em uma conta estrangeira. Eu sabia que podia confiar nele. O resto deveria levar em dinheiro. Combinamos de pegar um avião que ele mesmo reservaria. Partiríamos em menos de uma semana.

— Tem certeza de que quer fazer isso? — perguntou antes de desligar. Na verdade, eu não sabia o que ele estava planejando, mas não me importava com isso, estava desesperado.

Não dormi nos dias anteriores a nossa partida. A espera se fez eterna. Fazia anos que não me sentia tão inquieto. Apenas com suas palavras, Frederick já havia conseguido me tirar da letargia na qual me encontrava. A expectativa pelo que me aguardava valia bem a pena. Só esperava que o que Frederick me prometia não me decepcionasse.

Ao aterrissar, pegamos um trem até uma cidade de nome impronunciável. Acho que peguei a febre tifoide ou algo parecido, os calafrios me acompanharam por toda a viagem. Depois do trem, pegamos um ônibus. Estava lotado, e tivemos que viajar no teto. Pegamos vários ônibus diferentes, acho que saímos da Índia, não tenho certeza. Frederick se encarregava de tudo. Ele levava os passaportes e passagens. Eu não fazia outra coisa a não ser vomitar e delirar por causa da febre. Foi uma viagem horrível. Quase quarenta e oito horas depois de que Frederick me pegou naquele Mercedes preto, chegamos a um pequeno povoado perdido na metade da selva. Eu achei que esse era nosso destino final, mas ainda restava o último trajeto.

Um camponês com traços mongóis apareceu dirigindo um jipe enferrujado. Frederick o cumprimentou com um forte abraço. Depois se virou para mim.

— Você tem que ser vendado — disse.

— Frederick, amigo. — Eu não estava achando nada engraçada a coisa da venda. Estava disposto a segui-lo onde fosse, mas havia um limite. — Você acha que isso é realmente necessário?

O camponês com traços mongóis nos olhava sério. Acho que não entendia uma palavra de nosso idioma.

— Imprescindível — Frederick me estendeu um lenço vermelho. — Coloque ou voltamos por onde viemos.

Coloquei a venda, resignado. Que mais poderia fazer? Me pergunto por que não lhe pedi explicações, porque não exigi que me contasse aonde estávamos indo, o que iríamos fazer. Apesar de temer saber a resposta.

Devo ter ficado com olhos vendados em torno de duas ou três horas, nunca fui bom em calcular o tempo. Fomos todo o trajeto em silêncio. Sem poder ver nada, eu me concentrei nos odores que nos rodeavam. Vegetação. Umidade. Chuva. Barro. Suor. Terra.

— Chegamos — a voz de Frederick soou como um bálsamo para mim. Estava começando a me sentir oprimido. Não esperei nem um segundo mais e tirei a venda.

Diante de nós, um pequeno casebre. Devorada pela floresta, apenas se vislumbrava entre a vegetação. Senti-me decepcionado, não vou negar. Uma viagem tão longa para isto?, pensei. Mas, se Frederick me levou até ali, é porque aquele pequeno casebre no meio do nada deveria ocultar algo grande. Descemos do jipe, pegamos nossas mochilas e nos despedimos do camponês com traços mongóis. Frederick empurrou a porta e me convidou a entrar com um gesto de mão. Respirei fundo e dei uma olhada ao meu redor, o céu estava lindo, azul intenso. Eu o observei por uns segundos e entrei.

Umas escadas metálicas que desciam. Verticais, escuras, é a única coisa que havia no interior do casebre. Não se via o fundo. Comecei a descer, não havia outra opção. Frederick me seguia de perto.

— O que é isso? Aonde estamos indo? — perguntei enquanto descíamos. Mas ele não respondeu, sequer me olhou.

As escadas terminavam antes do que pareciam à primeira vista. Diante de mim, abria-se um corredor cavado na terra. A luz tênue de uma tocha era a única coisa que nos permitia enxergar algo. O cheiro de querosene era insuportável. Parecia que estávamos no interior de uma mina. Talvez tivesse sido uma no passado. Frederick começou a caminhar e eu o segui.

Mais tochas se dependuravam em ambos lados da gruta. Se não fosse assim, a escuridão teria nos devorado. Frederick aparentava serenidade, mas seu corpo estava tenso.

Eu me sobressaltei ao cruzar com o primeiro soldado. Não esperava encontrar ninguém e muito menos dessa maneira. Parecia um manequim. Ereto, firme, olhava para frente com uma AK-47 entre seus braços. Apenas piscou ao nos ver. Frederick sequer o olhou e continuou caminhando.

A gruta ia se dividindo em vários corredores e em cada um deles havia um soldado, pareciam cópias umas dos outros. Enquanto observava um desses destemidos guardas, vi uma inscrição justamente em cima da entrada do corredor que ele protegia. O vermelho já estava tão desbotado que quase não se distinguia da pedra. Letras imprecisas, meio apagadas, demorei uns segundos para interpretá-las: África.

Virei para Frederick para lhe perguntar o que significava tudo aquilo, mas ele já havia se afastado de mim vários metros. Acelerei o passo para alcançá-lo, por nada no mundo queria ficar sozinho naquele lugar.

Ao chegar diante de uma porta metálica, Frederick por fim parou.

— Você pode descansar um pouco aqui — ele me disse em voz baixa.

— Até que enfim você fala algo! — exclamei nervoso. — Pensei que tivesse ficado mudo.

— Cale-se! — não parecia ele. Era uma pessoa que sempre tinha o controle da situação. No entanto, agora estava nervoso, parecia até ter um pouco de medo. Isso foi o que mais me inquietou. — Tem uma cama e uma privada aí dentro. Também trouxe uma máscara. Ninguém deve reconhecer você aqui. Quando vierem buscar você, já deverá estar pronto.

— O que é isso, Frederick? — perguntei enquanto abria a porta. — Confio em você e por isso segui você até aqui, mas acho que já está na hora de me dizer tudo. Ou me conta o que está acontecendo ou vou embora. Estou começando a ficar nervoso.

— Era isso que queria, não é? — ele me respondeu com uma careta que parecia um sorriso. — Você não percebe que já não pode ir embora? Não sairá com vida daqui sem minha ajuda, então é melhor obedecer e não fazer tantas perguntas. Você será informado de tudo quando chegar o momento.

Percebi que tinha razão. Se queria sair dali, dependia dele. Então, não me restava outra coisa a fazer a não ser obedecer. Entrei naquele quartinho e caí na cama. Antes de fechar a porta, Frederick dignou-se a me oferecer uma explicação, ainda que fosse pela metade.

— É um jogo, só isso. Muita gente daria o que fosse para estar onde você está, então relaxe e desfrute. Você não queria sentir algo diferente? Pois é isso que vai acontecer, eu garanto a você.

Depois fechou e trancou a porta com cadeado por fora. Não sei se suas palavras me tranquilizaram ou me inquietaram ainda mais.

Havia deixado uma roupa muito elegante. Uma jaqueta preta, uma camisa impecável e uma gravata vermelha escura. Gostei. Eu não poderia dizer o mesmo sobre a máscara. Representava o rosto de Adolf Hitler, seus olhos estavam injetados e sua boca se retorcia em uma careta desagradável, um sorriso amargo e cruel. Eu me vesti como me havia sido ordenado e deitei na cama para esperar.

Eu gostaria de ter dormido um pouco, mas os gritos não deixaram. Sempre tive um ouvido muito bom, e através dessas grutas o barulho entrou no meu quarto. Eram gritos de partir o coração, semelhantes aos do abate de um porco. Eles chegavam fracos até mim, quase como um sussurro. Paredes de rocha sólida nos separavam, mas em algum lugar naquele labirinto de cavernas, alguém estava sendo torturado. Eu tinha certeza.

Meu nervosismo ia aumentando conforme os minutos iam passando. Comecei a caminhar de um lado para outro na pequena cela.

Finalmente, senti que uma chave era introduzida na porta que se abriu. Não era Frederick como eu esperava, e sim um homem vestido de militar e uma touca ninja. Me assustei e recuei uns passos. Ele fez um gesto com a mão para que o acompanhasse e, ainda que não visse nenhuma graça em seguir aquele cara, não tive o que fazer exceto fazê-lo.

Atravessamos mais grutas, caminhamos talvez por quinze minutos. O lugar era cheio de corredores. Aquilo era um puta labirinto. Comecei a pensar seriamente naquilo de não sair vivo sem ajuda. Observei mais inscrições junto às portas. Não podia parar para lê-las, o soldado caminhava rápido, mas pude intuir o que estava escrito em algumas delas: acho que li Europa junto a uma porta, as mesmas letras desgastadas que a primeira inscrição que li junto a Frederick, Banco de Batalha, achei ter lido em uma outra porta. Depois compreendi que não era banco e sim campo de batalha o que estava escrito naquela rocha.

Finalmente, chegamos a uma sala maior. O fato é que não tinha nem ideia de que caralho eu estava fazendo ali, mas ainda assim o que encontrei me deixou desconcertado.

Uma grande mesa redonda com uma tábua no centro e quatro homens em trajes formais — todos com máscaras — sentados ao redor da tábua. Eles quase pareciam um grupo de adolescentes prestes a jogar *Trivial Pursuit*. Havia cinco cadeiras. Uma estava vazia e junto a ela Frederick me esperava de pé. Ele também usava uma máscara, mas sua constituição não deixava dúvidas, era ele. Claro que aquela cadeira vazia era para mim, não foi preciso que o soldado de touca ninja me indicasse. Fui até lá e sentei-me sem olhar para Frederick. Eu não tinha ideia do que significava sentar naquela cadeira, mas tinha certeza de que minha liberdade de escolha, pelo menos por enquanto, havia sido relegada a segundo plano.

Quando me sentei, os outros quatro — participantes, competidores, jogadores, sei lá como chamá-los! — deixaram de fazer o que estavam fazendo e ficaram me observando em silêncio.

— Até este momento não me permitiram explicar nada. — O tom de sua voz parecia estar se desculpando. — Você me disse que precisava de emoções fortes, e isto é o mais forte que posso oferecer, amigo. Alguma vez já pensou o que deve sentir o presidente de um país quando manda seu exército para guerra?

— O quê?

— Silêncio — ordenou contundente —, limite-se a ouvir. Você não pode sequer imaginar o que deve passar por sua cabeça quando um simples gesto seu manda para a morte centenas de pessoas? Aqui você pode vivenciar isso, amigo. Você deve ser grato, terá o poder de jogar a guerra desta cadeira. Você nunca jogou jogos de estratégia, aqueles em que você tem que conquistar o mundo? — Assenti com a cabeça. — Aqui você poderá jogar um muito especial. O que acontece neste lugar também acontecerá na realidade, com pessoas de carne e osso. Está preparado?

Então, ele explicou as regras. Os outros quatro esperavam pacientes nos olhando, eles não pareciam estar com pressa. Na tábua, havia diferentes zonas: salas de tortura, enfermarias, campo de batalha, áreas seguras, quartel general... Tudo estava preenchido com uma espécie de soldadinhos de chumbo que parecia estar a postos na posição inicial. O jogo ainda não havia começado. Eles estavam me esperando.

Observei as máscaras dos participantes: uma representava Pinochet, não havia dúvidas. A do homem sentado à minha direita parecia ser Pol Pot e o da minha frente usava uma máscara do ugandês Amin. A máscara do quarto eu não reconheci, mas imaginei que seria de algum líder sanguinário da Oceania. Afinal, cada um de nós pertencia a um continente diferente. A guerra mundial. Estávamos encenando uma guerra mundial. Eu não podia acreditar.

Todos partiríamos de condições proporcionais ao potencial dos continentes que representávamos — e proporcionalmente, imaginei, à quantidade de dinheiro que havíamos dado. Antes do início do jogo, contávamos com centenas de soldados, alguns milhares de civis e até prisioneiros de guerra.

O jogo era baseado na sorte — tínhamos que lançar uns dados —, e na capacidade de estratégia e negociação, Frederick me disse que não me preocupasse, ele conhecia o jogo perfeitamente e seria meu assessor durante a partida.

— Quanto dura uma partida? — perguntei.

— Só pode haver um vencedor. — Nós nos olhamos nos olhos, e temi que o que estava querendo me dizer com aquelas palavras era o mesmo que eu havia entendido. — Às vezes, dias, às vezes, semanas. Isto é a vida real, amigo. Tudo o que acontece na Tábua, nós o transformamos em realidade no interior desta mina.

— Você não para de dizer isso, a que caralho se refere?

— Modere seu linguajar — ele me olhou sério e nervoso também. Fosse lá o que aquele maldito jogo significasse, ele não era o chefe. Talvez não tivesse tanto medo como eu, mas também não estava isento. — Bem, já fizemos as apresentações. Amanhã começa o jogo, agora é o momento de lhe mostrar as instalações, eles já conhecem, não é a primeira vez.

Nós nos levantamos, e segui Frederick de novo por aquelas grutas. Desta vez, não estávamos sozinhos, dois daqueles guardas de touca ninja e AK-47 nos acompanhavam.

Entramos por um corredor que tinha a palavra Europa escrita em uma pedra junto da entrada. Aqueles eram os meus domínios. Até ver, não podia acreditar.

Havia uma enorme quantidade de celas abarrotadas de gente. Soube pelos gritos, já que todas as portas estavam fechadas. Frederick foi me dizendo o que significava cada uma delas.

— Esta é a população civil, são três mil.

— Três mil? — Não podia ser possível.

— Esse buraco é maior do que parece, amigo — respondeu Frederick quase sem me olhar. — Esta é a zona dos prisioneiros, está dividida por países. Aqui estão os americanos, só tem dois. Aqui os canadenses, tem cinco. Prisioneiros de trinta nacionalidades estão à sua disposição, logo você conhecerá todas as suas posses. Olha, estes são colombianos, tem trinta. Os mais numerosos são os iraquianos, tem duzentos. Não, perdão. Tem mais congolenses, desses deve haver uns trezentos. Melhor você ler no seu manual, as condições às vezes variam.

— Aí dentro tem trezentos congolenses? — perguntei apontando para a porta. Não podia acreditar.

— Sim — respondeu sem vacilar.

— Mas... por que tem trezentos congolenses e apenas dois americanos? Do que dependem esses números?

Frederick olhou para mim com o sorriso de um adolescente cujo irmão mais novo lhe fez uma pergunta cuja resposta deveria ser óbvia.

— Você realmente não entende, amigo? Você acha que a vida de um congolês é a mesma de um americano? Quando você precisar fazer negociações para recuperar um dos seus, você poderá trocar por exemplo um alemão por oitenta congoleses, acho que é esse o câmbio de hoje. Olha, aí estão os palestinos.

Eles também estão entre os mais numerosos, você tem cento e cinquenta.

Impressionante. Havia milhares de pessoas à minha mercê, amontoadas em celas imundas. Dependiam de mim, de que eu jogasse bem ou mal aquela partida. Da minha vontade. Podia torturá-los, trocá-los ou até matá-los.

— O que acontece com todas essas pessoas quando o jogo acaba?

— Muitos não sobrevivem, como é óbvio. Isto é uma guerra e nas guerras há muitas baixas.

— Mas e os sobreviventes? O que acontece com eles?

— Depende de quem vencer. Por exemplo, se é você quem ganha, o representante da Europa, todos os europeus serão libertados. Eles serão soltos na outra ponta do mundo. E os sobreviventes dos outros continentes estarão à sua disposição. Você pode ordenar sua execução ou sua libertação.

— Isso não pode ser verdade. Não, não estou pronto para fazer isso. É uma loucura. Como vou matar todas essas pessoas?

— Você não disse que queria emoções fortes? Você já matou um homem. Voltar a matar assim do nada não lhe daria satisfação, amigo. Aqui você está no seu lugar.

— Não é a mesma coisa Frederick, não fode. Eu matei aquele homem de sangue quente, precisava saber o que sentia. Mas já deu. Não pensava em matar alguém nunca mais.

— Você me disse para levá-lo a qualquer lugar para experimentar novas sensações. Você viveu muitas coisas, apenas algo assim poderia tirá-lo de sua apatia.

— Caralho, pois sim, você conseguiu. Você me tirou de minha apatia. Conseguiu! Agora me leve para casa!

— Como? — A feição de Frederick se transformou. Acho que nunca o havia visto assim — Você está brincando, não é?

— Não.... — Seu olhar me intimidou como nunca. — Não posso fazer isso. É muito cruel. Não vou fazer.

E começou a rir. Nem sequer se dignou a me responder. Não havia nada para fazer. Eu não tive escolha. Eu teria que participar desse maldito jogo.

— E dos meus, quantos tenho? — Aquela pergunta me veio de repente a cabeça.

— Um punhado de soldados. Não são muitos, na verdade.

— Eu poderia vê-los?

— Não é permitido que você visite seus prisioneiros, mas pode ver seus soldados se quiser. Por que você quer vê-los?

— Não sei, Frederick, caralho. Suponho que tenha necessidade de ver seus rostos.

— Está bem. Siga-me. Mas não poderá falar nem uma só palavra com eles.

Eu não deveria ter entrado naquela cela. Talvez as coisas tivessem sido diferentes. O cheiro era horrível. Havia cerca de vinte ou trinta pessoas. Eles nem tentaram se mover. Eles estavam letárgicos. Provavelmente drogados. Não tinham forças para se mexer. A tristeza de seus olhos não deixava margem para dúvidas: eles estavam lá contra a vontade.

Uma garota chamou minha atenção. Eu sempre fui atraído por ruivas. Seus olhos eram de uma cor verde transparente. Ela estava agachada em um canto e parecia ter sido maltratada. Um vestido esfarrapado mal cobria seu corpo. Quando olhei para ela, senti uma ereção incipiente. Ela levantou a cabeça e eu desmoronei. Amor à primeira vista, sim. Foi isso. Porra, eu nunca senti nada parecido. Eu me senti ridículo. Uma ereção naquela cela. Seria a última coisa que eu imaginaria.

Naquela noite, mal preguei o olho. Eu não podia participar desse maldito jogo. Era uma loucura. Eu não poderia me tornar um deus da guerra. Eu nunca gostei de violência. Se eu matei aquele cara no El Rancho foi porque eu estava precisando, mas isso não tinha nada a ver. Eu não tive escolha. Agora era diferente.

Como poderia jogar uns putos dados sabendo que a vida de centenas de pessoas dependia disso? Eu tinha que fugir de lá, não podia ficar. Sim, eu escaparia desse buraco. Ninguém pode imaginar que existam lugares assim.

O pouco que consegui dormir foi agitado por pesadelos. Sonhei que era Júlio César e que, com um movimento do polegar, decidia a vida ou a morte dos gladiadores. Acordei suando várias vezes, acho que gritei entre os sonhos. Eu não sabia se era noite ou dia.

Quando, horas depois, o gorila vestido de militar e touca ninja veio me buscar, eu já havia traçado meu plano.

Ele me chamou várias vezes, mas fingi estar dormindo. Deitado de costas, com meus braços entre os lençóis, era impossível ver que minha mão esquerda estava escondendo uma pequena pedra que arranquei da parede. De fato, ele não viu. Ou melhor, ele viu. Mas viu tarde. Quando eu já batia sem pena contra o rosto dele. Ele caiu fulminado. Tinha batido com força. Talvez eu o tenha matado, não sei. Não era minha intenção no início, eu só queria deixá-lo inconsciente, mas é verdade que a pedrada em sua testa tinha sido mais forte do que eu pensara. Eu o despi o mais rápido que pude. Felizmente, nós tínhamos a mesma constituição, então vestir as roupas dele não foi um problema. Eu também peguei sua arma na esperança de não ter que usá-la.

Saí de lá — não antes de terminar o serviço com outra pedra, não podia arriscar — e comecei a andar livremente entre as grutas. Se alguém me visse, eu teria que parecer mais um. Só encontrei duas sentinelas que, ao ver meu uniforme, mal olharam para mim. Eu observei seus AK-47 com o canto do olho e coloquei minha mão no meu. Se eles me descobrissem, eu teria que ser rápido. Mas não foi necessário.

As tochas pareciam prestes a apagar a qualquer momento. Eu sempre tive um bom senso de direção, então, embora um labirinto de grutas se estendesse ao meu redor, acabei por encontrar a saída. A escada de metal através da qual eu havia descido fazia uma eternidade mostrou-se diante de mim novamente.

Eu a agarrei e olhei para cima. Não se via o final. A escuridão tomava conta das escadas a apenas alguns metros, mas eu sabia que a salvação estava lá em cima. Eu não sabia em que país eu estava, mas mesmo que tivessem tirado toda a minha documentação, poderia procurar alguma cidade e encontrar a embaixada do meu país. Eu tinha dinheiro suficiente em minhas contas para comprar quem precisasse. Uma vez que eu visse a luz do sol, estaria salvo. Eu tinha certeza.

Olhei de novo para o interior da mina e tive um mal pressentimento: talvez a última porta estivesse fechada. Se fosse assim, eu não teria mais nada a fazer. Estaria condenado, trancado em uma velha mina, preso por uma organização maluca.

Comecei a subir. Lentamente. Silencioso. O suor das minhas mãos escorregou no metal. O querosene estava impregnado em todo lugar. Embora a escada não fosse muito longa, achei que nunca terminaria. Finalmente cheguei ao topo. Observei a porta por alguns segundos. A luz das tochas mal chegava até lá. Eu me perguntava o que aconteceria com Frederick se eu fugisse. Ao fim e ao cabo, ele foi responsável por minha ida até lá. Desde que entramos naquele buraco, ele andava sempre tenso. Talvez eles façam ele pagar no meu lugar. Eu me sentia traído, então não me importei muito com o que poderia acontecer com ele. Respirei fundo e empurrei a porta com as duas mãos.

Cedeu. Estava aberta.

Um raio de luz do sol vazou violentamente e me fez fechar os olhos. Eu estive lá dentro por muito tempo. A luz me machucou.

Deveria agir rápido. Eles logo descobririam minha ausência e aqueles loucos viriam atrás de mim. Eu não queria me transformar em Hitler. Eu não estava disposto a mandar um bando de inocentes para a morte.

Apesar de tudo, eu me sentia forte. A porta estava aberta. Poderia correr por horas e me esconder na mata que rodeava o casebre. Não me encontrariam. Tinha suficientes conhecimentos de sobrevivência. Deveria sair dali o quanto antes.

Observei um pedaço de céu azul através da porta entreaberta. Lembrei-me do episódio do espelho e as prostitutas. Os barbudos do parque. Minhas viagens ao redor do mundo. A maconha. O atletismo. A assistente.

Eu empurrei a porta um pouco mais e a claridade se tornou mais intensa. Uma lufada de ar fresco me fez esquecer o querosene e o suor. O céu estava claro, não havia uma só nuvem. Eu ouvi os pássaros, o som do vento. Lembrei-me das semanas de apatia antes do encontro com meu velho amigo. O olhar da ruiva na cela. Minha ereção.

Eu me perguntava o que aconteceria se me pegassem. Não acho que eles queriam me matar, havia muito dinheiro em jogo. Provavelmente, eles me forçariam a jogar. Esse buraco seria meu túmulo se me encontrassem. A porta estava aberta, eu só tinha que atravessar. As palavras de Frederick ecoaram na minha cabeça. Você já pensou o que o presidente de um país deve sentir quando envia seu exército para a guerra?

O bocejo. O maldito bocejo diante do espelho.

Pode sequer imaginar o que passa pela sua cabeça quando um simples gesto seu manda para a morte centenas de pessoas?

Olhei por uns segundos para o sol até cegar minha visão e tive que desviar o olhar. Fechei a porta de novo e comecei a descer.

Medos

Diego abriu a porta de casa devagar e arrastou os pés para dentro. Eram sete da tarde e o sol entrava modorrento pelas janelas. Deixou cair a jaqueta no sofá, afrouxou a gravata. Entrou no banheiro e, depois de encaixar o tampão da banheira, abriu a torneira. Observou-se no espelho uns segundos e desviou o olhar.

Esvaziou meia garrafa de sabonete líquido pra fazer espuma na água morna, que pouco a pouco ia subindo de nível. Sentou-se na beirada. Desamarrou os cadarços e tirou os sapatos. Uma das meias tinha um buraco que deixava o dedo mindinho à vista. Tirou a camisa branca com leves manchas cinza na altura das axilas. Não tivera um bom dia.

A água já quase transbordava, então fechou a torneira e meteu a mão para comprovar que a temperatura estava perfeita. Mas, ao fazer isso, encostou em algo áspero e o tirou bruscamente. Que merda era essa? A espuma escondia o que havia lá dentro, mas dava para perceber leves correntes de água que mudavam de direção. Como se alguém se movesse placidamente debaixo da água. Pegou o cabo do esfregão e o meteu até o fundo. Algo o prendeu. Ele puxou para cima tentando tirá-lo à força, mas, fosse o que fosse, resistia com força. Depois de várias tentativas, Diego desistiu e deixou cair o cabo, que em seguida afundou entre a espuma.

Ficou em dúvida por um momento entre esvaziar a banheira ou sair correndo. No entanto, ficou imóvel, só olhando aterrorizado a água. Até que, de repente, a origem de seu desconcerto decidiu sair à superfície. Um crocodilo. Pequeno, talvez um filhote. Um crocodilo. Diego saiu apressado do banheiro fechando a porta com força. Deixou-se cair na cama tremendo. O que está acontecendo? Estou ficando louco?

Levantou-se e foi até a cozinha. Bebeu, de um só gole, um copo de água. Sentou-se em um banco. Levantou-se. Molhou o rosto. Voltou a sentar. Bebeu outro copo de água e regressou ao quarto. A porta do banheiro continuava fechada. Não havia perigo. Colou o ouvido na porta e ouviu os passos do animal. Deve ter saído da banheira e deve estar andando tranquilamente pelo piso.

Não sabia o que fazer, pensou em chamar alguém, pedir ajuda, mas a situação era absurda. Não podia explicar o que fazia um crocodilo em sua banheira. Talvez o acusassem de tráfico ilegal de animais. Não, o melhor seria não chamar ninguém.

Decidiu ignorá-lo. Não havia aparecido assim sem mais nem menos, sem que ninguém o chamasse? Talvez desaparecesse do mesmo jeito. Mas a noite chegou e ainda se podiam ouvir as passadas.

Na manhã seguinte, seu despertador em forma de galinha cacarejou como todos os dias às seis e meia. Não o despertou porque ele já estava acordado. Havia dormido pouco mais de uma hora durante toda a noite. Ainda na cama, fantasiou com a esperança de que tudo não passasse de um pesadelo. Apesar de no fundo saber que era real, por uns segundos se deixou levar pela ilusão de que havia sido apenas um sonho ruim.

Finalmente se levantou. Deixou o banheiro principal fechado com o crocodilo dentro e entrou no outro para tomar um banho rápido. Antes de ir trabalhar, pensou que o crocodilo deveria estar com uma fome voraz. Fechado ali não tinha como conseguir nada para levar à boca. Pegou uns filés de frango que tinha na geladeira e abriu uma fresta na porta para lançá-los ao réptil. Voltou a fechar com rapidez e foi para o escritório.

Sentado em sua mesa, na frente do computador, conseguia esquecer um pouco o crocodilo enquanto se concentrava nas finanças da empresa.

Às seis horas da tarde, seus colegas desligaram os computadores e foram embora. "Não me esperem, hoje ficarei um pouco mais porque tenho um trabalho pendente". Ficou duas horas jogando paciência no computador. Não saiu até que chegou a moça da limpeza e lhe perguntou espantada o que ainda fazia ali. "Nada, coisas minhas, já vou embora".

Quando abriu a porta de casa, já era de noite. Ao entrar, aguçou o ouvido. Tudo parecia tranquilo. Talvez tenha desaparecido, talvez já tenha ido. Aproximou-se do banheiro e pregou a orelha na porta. A madeira estava fria. Sim, continuava ali. Maldito seja. Não havia dúvidas. E a julgar pelo som grave de seus passos, parecia ter crescido. Ficou vários minutos com a orelha colada tentando adivinhar o que aquele animal estaria fazendo. Até que escutou algo que o deixou petrificado. O crocodilo não podia andar e nadar ao mesmo tempo, ou estava fora da banheira, ou estava dentro. Mas ele ouvia barulho na água e passos no piso. Havia dois. Não pode ser, estou sonhando.

Naquela noite, encolhido na cama, coberto até as orelhas com um edredom verde de animaizinhos que tinha desde quando era criança, dormiu menos que a noite anterior. Apenas quinze minutos.

Quando o despertador em forma de galinha cacarejou insistente anunciando que já eram seis e meia, a primeira coisa que Diego fez depois de se levantar, foi abrir o congelador e tirar toda a carne — três filés de porco e um pedaço de vitela — que estava dentro. Abriu a porta do banheiro e, o mais rápido que pôde, lançou tudo para dentro. Por um momento, vislumbrou um dos crocodilos. Era enorme, talvez medisse dois metros. Muito maior sem dúvida do que aquele que havia visto nadar placidamente em sua banheira dois dias atrás.

No escritório, diante de uma tela que lhe falava de números e finanças, ele só conseguia pensar nos crocodilos. Deu novamente as seis horas e seus colegas foram para casa. Estou atolado hoje também, não esperem por mim. A solidão o acompanhou até que a moça da limpeza voltou a encontrá-lo em idêntica posição da do dia anterior.

Saiu do escritório e perambulou durante um tempo. Ao voltar para casa, viu aterrorizado, do batente da porta de seu quarto, dois crocodilos que dormiam tranquilamente entre os lençóis. A porta do banheiro estava aberta. Um terceiro mergulhava dentro da banheira e debaixo da cama aparecia a cauda de outro. Quem sabe houvesse mais algum. Fechou a porta do quarto, desesperado.

Talvez algum tivesse escapado para outro quarto. Armado com uma faca um pouco enferrujada, Diego percorreu, um a um, todos os aposentos da casa e não encontrou nenhum réptil. Ao menos, parecia que estavam todos fechados no quarto. Enquanto não saíssem dali, não haveria problema. Em um dos outros quartos havia uma cama pequena. Ainda que ficasse com os pés para fora, poderia passar uma noite ali.

Quando ouviu o som longínquo do cacarejar do despertador, estava vestido e já havia tomado café da manhã. Não havia pregado um olho toda a noite. Não tinha mais carne na geladeira, então pegou bolinhos e biscoitos que guardava na despensa e abriu a porta do quarto apenas dois ou três segundos. Nem olhou para dentro, mas o barulho parecia aumentar cada vez mais.

No meio do caminho, ligou para o escritório e disse que estava doente. Não iria trabalhar. Em vez disso foi passear por El Retiro.

Sentou-se em um banco em uma região por onde quase não passa gente. O céu estava cheio de nuvens cinzas. Quanto mais pensava nos crocodilos, mais bloqueado ficava. Nunca serei capaz de lidar com eles.

As primeiras gotas de chuva o encontraram encolhido no banco. Não saiu dali, apenas se encolheu como um bebê. A tempestade caiu com força e ele permaneceu quieto, completamente imóvel, suportando a violenta descarga de água. Sua mente se encontrava presa no quarto governado pelos crocodilos. Quem sabe quantos já haveria a esta hora?

Quando o sol começou a se apagar, não tinha outra solução além de ir embora do parque. Estava empapado até os ossos. Perambulou pelas ruas olhando vitrines sem prestar atenção. Todas as lojas estavam fechando, e ele continuava andando pela calçada perdido. Viu em uma agência um cartaz que anunciava uma exótica viagem para a Tanzânia. Para chamar os turistas, havia uma foto de um grande leão rugindo. E junto dele, um crocodilo. Um crocodilo. Um crocodilo. Diego correu para sua casa. Um crocodilo. Corria o mais rápido que suas pernas permitiam. Tenho que acabar com eles. Não posso deixar que roubem minha casa.

Esbaforido, girou a chave na fechadura, mas ao empurrar a porta para entrar, algo o impediu. Só conseguiu movê-la três ou quatro centímetros. Suficientes para ver as escamas de um crocodilo que repousava tranquilamente junto da porta. Suas mãos tremiam — não haviam deixado de tremer durante todo o dia —, deixou-se cair no chão, junto ao tapete onde podia se ler "Bem-vindo ao meu lar". Cobriu o rosto com as mãos e começou a chorar desesperado. Nunca me livrarei deles. Apertou a campainha dos vizinhos, precisava de ajuda, mas ninguém respondeu. Apertou o botão do elevador e, quando abriu, encontrou outro crocodilo dentro. Maldito seja! Estão em todos os lugares!

Desceu as escadas saltando os degraus de quatro em quatro. Entre o segundo e primeiro andar, escorregou e foi bater contra o chão. Levantou-se e continuou a descida correndo. Chegou ao portão e foi para a rua. Olhou ao seu redor e não viu ninguém. O que viu foi outro crocodilo que passeava tranquilamente pela calçada. Correu até o carro. A chave parecia não querer entrar na fechadura. Depois de várias tentativas, conseguiu abrir e entrar nele. Travou as portas e arrancou.

Vários crocodilos o olhavam da rua, sem se mover, como se se perguntassem o porquê de tanta pressa. Até nunca mais, bichos asquerosos. Diego acelerou sem olhar para trás. Pegou uma dessas autoestradas radiais que fugiam da capital, a primeira que encontrou. Tinha o tanque cheio.

Dirigiu durante horas sem tirar os olhos do asfalto. Não leu nem uma só placa que indicava o destino daquela estrada. Quando a luz da reserva acendeu, Diego pegou uma saída que anunciava um hotel. Desconhecia seu paradeiro. Já estava quase amanhecendo e o dia havia despertado ensolarado. Olhou-se no espelho retrovisor e sorriu. Venci.

Mas, antes de descer do veículo, ouviu um barulho esquisito que vinha do porta-malas. Não pode ser. Qualquer um pensaria que era loucura, mas ele logo soube que se tratava de um pequeno crocodilo tentando abrir caminho até ele.

Desceu e começou a bater no porta-malas com violência. Já sem camisa, gritou desesperado enquanto chutava e socava o carro. Poucos minutos depois, ficou exausto e se deixou cair derrotado junto ao veículo. O barulho não desaparecera. Não posso mais. Levantou-se e observou o porta-malas tentando imaginar como seria o crocodilo que se movia lá dentro. Finalmente, decidiu abri-lo. Era pequeno, talvez um filhote, mas Diego sabia que não demoraria a crescer.

Olhou-o nos olhos. Seus dentes eram afiados, mas parecia tranquilo. Continuou examinando-o por alguns minutos. Pouco a pouco, foi se acalmando. Acariciou sua pele devagar. Áspera e fria. Familiar. Deixou escapar um leve sorriso.

Fechou o porta-malas com determinação e entrou no carro. Depois procurou um posto de gasolina para encher o tanque, a viagem era longa.

Antes de pegar novamente a autoestrada, parou em um supermercado, comprou um pouco de verdura, tinha a geladeira vazia. Entrou no carro tranquilo. Olhou-se no espelho retrovisor e deixou escapar um suspiro. Arrancou, vestiu a camisa e tomou o caminho de volta para casa.

Agradecimentos

A meu pai, por seu otimismo e sua vitalidade contagiante. A minha mãe, por sua generosidade e sua paciência. Porque foi pelas mãos de vocês que aprendi a enfrentar meus medos.

A Mojorniratibruno, pela alegria.

A José Guadalajara, por sua confiança em mim desde a leitura de *Kichay*, por seu apoio e pelo prólogo deste livro.

A Candela Arevalillo, por sua dedicação desinteressada e pelo carinho de sempre.

A Rubén, Miguel, Bárbara, Pili e Laura, por seus conselhos e correções.

A meus vanner. Tão distantes e tão próximos. Du är de bästa, killarna.

A Susana, por me dar uma mão em *Chuva de maio.*

A Leo, Raquel e Pablo, por estrear minha Primeira Pedra, porque o seu aprendizado também é o meu.

A Joan, por confiar cegamente em meus textos.

A Maite, por seu esplêndido trabalho na edição.

A Jaime, porque sei que posso contar contigo. Hoje e sempre.

A todos que ajudaram com meus livros anteriores. São tantos que prefiro não citar ninguém porque com certeza me esqueceria de alguém. Vocês sabem quem são. Muito obrigado a todos.

A Patri, por me dar o mais bonito. Porque, entre clipes e lamparinas, os medos são menores.